La venda en los ojos

EDITED BY

Marion P. Holt
UNIVERSITY OF MISSOURI

La venda en los ojos
COMEDIA EN TRES ACTOS

José López Rubio

NEW YORK
Appleton-Century-Crofts
DIVISION OF MEREDITH PUBLISHING COMPANY

Copyright © 1966 by
MEREDITH PUBLISHING COMPANY

All rights reserved. This book, or parts thereof, must not be used or reproduced in any manner without written permission. For information address the publisher, Appleton-Century-Crofts, Division of Meredith Publishing Company, 440 Park Avenue South, New York, N. Y. 10016.

6107-2

Library of Congress Card Number: 66-21587

PRINTED IN THE UNITED STATES OF AMERICA

E 58027

PREFACE

La venda en los ojos is one of the most appealing plays of the contemporary Spanish stage, and a superior example of the type of serious comedy that has been successfully cultivated by José López Rubio since his return to the theater in 1949. The dialogue and situations of the play are rich in ideas and allusions which lend themselves to effective class discussion on the college level; the literary values of the work make it suitable for courses in the contemporary drama.

The present text is based on the edition published in *Teatro español, 1953-54* by Aguilar of Madrid and has not been altered in any way except to correct typographical errors and to modernize accentuation. The Introduction gives a brief account of López Rubio and his career as a dramatist, together with a critical analysis of *La venda en los ojos*. Notes have been provided to explain passages or references that might be expected to cause difficulties for students of third or fourth semester Spanish classes; literal renderings have been avoided in most instances. The first few pages of the play contain dialogue which is highly colloquial, and because of the greater difficulty are more heavily noted than the rest of the text. Some instructors may elect to interpret this opening scene for classes in advance of assignment. The supplementary questions and topics of conversation are designed to stimulate discussion of the action, ideas, vocabulary, and structure of the play in classes which emphasize the development of oral proficiency. The *temas* may also be adapted for written assignments.

I wish to express my gratitude to José López Rubio for permission to prepare this college edition and for his generous assistance in the clarification of several lines and allusions. I am especially indebted to Dr. John Kronik, University of Illinois, for invaluable criticisms and suggestions.

M.P.H.

CONTENTS

PREFACE	v
INTRODUCCIÓN	1
COMEDIAS DE LÓPEZ RUBIO	7
BIBLIOGRAFÍA SELECTA	8

La venda en los ojos

Acto primero	14
Acto segundo	48
Acto tercero	82

PREGUNTAS Y TEMAS DE DISCUSIÓN	101
VOCABULARIO	108

INTRODUCCIÓN

Comediógrafo, traductor y director escénico, José López Rubio es figura de primer orden en el teatro español de la postguerra. Desde 1949 se han estrenado diecisiete comedias suyas en Madrid o en Barcelona; por otra parte, ha preparado más de veinticinco versiones y traducciones de obras extranjeras. Junto con Víctor Ruiz Iriarte y Miguel Mihura, ha creado un drama humorístico —ya satírico e irónico, ya poético y delicado— que representa altos valores estéticos dentro de la comedia española del siglo XX.

Nacido en la pequeña ciudad de Motril en Andalucía el 13 de diciembre de 1903, López Rubio pasó sus primeros años en Granada. Se reveló su afición teatral cuando todavía cursaba el bachillerato en Cuenca, donde su padre era gobernador civil. En Madrid, a partir de 1919, empezó a contribuir ensayos, cuentos y artículos a varias revistas y a asistir a las tertulias literarias de la capital mientras crecía su interés por la vocación de dramaturgo. Publicó un libro de cuentos, *Cuentos inverosímiles,* en 1924 y una novela humorística, *Roque six,* en 1928. Después de colaborar en algunas piezas teatrales que no llegaron a estrenarse, obtuvo su primer éxito en 1929 a la edad de veintiséis años con *De la noche a la mañana,* una comedia intelectual escrita en colaboración con Eduardo Ugarte. Otorgada el primer premio del concurso para novelas organizado por el diario *A B C,* la comedia estableció a sus autores en el mundo profesional del teatro. El año siguiente, López Rubio y Ugarte estrenaron *La casa de naipes,* un drama realista sobre el efecto de la ilusión en las vidas de unos inquilinos de una casa de huéspedes madrileña. En 1931 el joven comediante se marchó de España contratado por Metro-Goldwyn-Mayer para escribir versiones españolas de películas hechas en los Estados Unidos. No abandonó su interés por el teatro durante los años que pasó en América y escribió la primera parte de una nueva comedia titulada *Celos del aire.* Al volver a España definitivamente en 1939, se dedicó a dirigir películas y escribir guiones para el cine.

Hacia 1949 se notaban señales del renovamiento del teatro español, tan desorientado después de la guerra civil. Dejando sus actividades cinematográficas, López Rubio volvió a escribir comedias, y el 29 de abril de 1949 estrenó *Alberto.*[1] Esta pieza, que trata la creación de un personaje imaginario y el efecto de éste en las vidas de sus creadores, no fue recibida con aprobación unánime, pero restableció a su autor como comediante digno de atención. *Celos del aire,* estrenada en enero de 1950, fue una obra más lograda; y el crítico Alfredo Marqueríe la describió como "una de las más ceñidas, inteligentes, sobrias y justas piezas de teatro de nuestra contemporaneidad."[2]

En las comedias de López Rubio compuestas entre 1949 y 1954, se hace notar una tendencia a experimentar y, en las mejores, un refinamiento progresivo del arte teatral de este dramaturgo. Llega a ser el supremo dialoguista de la escena contemporánea en España, y aún en los esfuerzos que no revelan completamente sus talentos hay páginas cuyo brillante diálogo provoca un gran efecto dramático. En 1954 se estrenó *La venda en los ojos,* la comedia que representa más que ninguna otra las posibilidades de su dramaturgia. *La otra orilla,* segundo éxito del mismo año, fue aclamada en España y en Latinoamérica; y en 1955 colaboró con el compositor Manuel Parada en una comedia musical, *El caballero de Barajas,* que recibió el Premio María Rollán y el Premio Nacional de Teatro.

A pesar de haber conseguido un éxito extraordinario, la

---

[1] En octubre del mismo año, Antonio Buero Vallejo, representante de la generación de la postguerra, estrenó su *Historia de una escalera* y dio en España nuevo ímpetu al drama nacional.

[2] *Teatro español, 1949-50* (Madrid, 1955), pág. 223.

obra de López Rubio no inspiraba una admiración total. Los críticos de la joven generación le acusaban de ser evasionista, de adaptarse demasiado a las exigencias prácticas del ambiente teatral que existía en España. En 1958 el dramaturgo abandonó sus recursos acostumbrados para sorprender a su público con una obra dramática que dio asombroso testimonio de una crisis de hoy: el decaimiento espiritual del hombre contemporáneo. En *Las manos son inocentes* se encuentra un debate moral de diálogo retórico y estética clásica cuya realización contribuye substancialmente a la estatura literaria del autor. Sin embargo, la obra recibió menos elogio del que merecía, y López Rubio no eligió seguir el nuevo camino. Su próxima pieza, *Diana está comunicando* (1960), una farsa excelente, reafirmó su genio cómico. Continúa escribiendo y también se dedica a la traducción y a la dirección teatral. Su comedia más reciente, *Nunca es tarde,* fue estrenada en octubre de 1964.

    La carrera de López Rubio como escritor no ha sido nada convencional. Su edad le pone con la generación que llegó a su madurez en la década después de la guerra civil, pero su espíritu joven le ha permitido renovarse y tomar un puesto significativo —aunque a veces debatido— en la nueva generación de los cincuenta. En sus mejores comedias se hace notar una predilección por el tema de la relación de la ilusión y la realidad—con sus aspectos cómicos y trágicos—y por la presentación de la vida teatralizada en un tipo de ficción dentro de la ficción. Así se demuestra su afinidad con Pirandello y con el dramaturgo francés Jean Anouilh, cuya obra también revela la influencia del autor italiano. Pero hay que tener en cuenta que López Rubio nació en España y que es heredero de la tradición de Cervantes y de Calderón. La preocupación con la ilusión y la realidad es una característica notable de la literatura española que sigue manifestándose por los siglos.

    Aunque la mayor parte del teatro de López Rubio sea un teatro de humor, con frecuencia sus tramas son serias; y si nos invitan a sonreír, al mismo tiempo requieren que pensemos y que reflexionemos sobre la condición de unos seres humanos de pasiones auténticas. No podemos servirnos de la palabra «comedia» ni de la palabra «tragedia» para calificar precisamente esta clase de drama. El crítico norteamericano Lionel Abel ha sugerido el término *metatheatre* (o *metaplay*) para identificar las comedias serias que no intentan una tragedia inevitable e irrevocable.[3] Estas obras pueden ser esencialmente cómicas o fantásticas pero siempre tienen personas ficticias que excitan nuestro interés y que nos conmueven, aun cuando reconocemos que estos personajes han sido creados sin otro motivo que el de conmovernos. *La venda en los ojos,* un buen ejemplo de *metatheatre,* es la comedia más medida de López Rubio. A pesar de sus elementos de sátira, los juegos de palabras, las fantasías de los tíos y la sorpresa, se percibe claramente su densa calidad humana. Después de la representación de la obra en Barcelona, Enrique Sordo escribió:

> Jugando con el siempre eficaz contraste de la poesía y de la realidad, de un mundo falso ficticiamente forjado y de un mundo auténtico de áspera verdad, López Rubio ha construido su mejor comedia, después de *Celos del aire* . . . Es un modelo de arquitectura dramática, en el que cada uno de los tres actos cumple sucesivamente su misión: planteamiento, desarrollo y desenlace . . . El humor que campea en toda la comedia, y que sirve de leve disfraz a una siempre visible ternura . . . es de la más fina vena, y sobre él se edifica un diálogo lleno de acuidad y simple belleza.[4]

El tema de la comedia es el fracaso de amor matrimonial y su efecto en la vida de la protagonista (Beatriz). Esta rechaza los caminos que le ofrece la sociedad cuando su marido la abandona, y elige fingir la locura—o sea recrear la realidad según sus propias especificaciones, con una lógica propia, siempre con la complicidad de sus tíos.[5] López Rubio reconoce las infinitas posibilidades del ser humano para dedicarse a la creación de ilusiones y a la evasión calculada de un dilema que le parezca insoportable. Pero si Beatriz y sus cómplices son evasionistas, también son rebeldes contra la sociedad.

---

[3] Lionel Abel, *Metatheatre* (New York, 1963), págs. 59-61.
[4] "El teatro: *La venda en los ojos,*" *Revista,* V (20 junio 1956), 18.
[5] Esta fingida locura recuerda la del protagonista de *Enrico IV* de Pirandello, pero en *La venda en los ojos* hay más énfasis en la comicidad y una ironía menos amarga.

Un aspecto notable de esta comedia es la ingeniosa sátira de la sociedad contemporánea, su conformidad, su manera de comunicarse y sus egoísmos. Aunque eviten las realidades de la vida, los tíos no pueden escapar de la influencia que les ha alcanzado por la radio y los periódicos. A veces el diálogo y las situaciones tienen una comicidad disparatada que pone la obra cerca del llamado teatro del absurdo. La primera escena entre las dos criadas, la que parece, al principio, ser nada más que un clisé de exposición convencional, resulta una satirización de una vieja norma teatral e inspira la risa de una manera inesperada. La vida escandalosa de la familia que Emilia describe no tiene nada que ver con la acción que sigue.

Una técnica preferida del comediante es el drama dentro del drama, y se puede decir que los personajes de sus comedias siempre reconocen su propia teatralidad—y, de vez en cuando, la confiesan. Cuando Tía Carolina cuenta la niñez de Beatriz, está completamente enterada de que hace un pequeño drama y que El Comprador le sirve de público. El ejemplo de mejor efecto en *La venda en los ojos* es la recreación por parte de Beatriz de su viaje de novios. Y de esta escena tan conmovedora sale una idea que se repite en las comedias de López Rubio: el único amor perdurable es el que sabe renovarse (o recrearse). Así lo explica:
. . . te olvidaré cada noche para encontrarte limpio, recién nacido, para mí, cada mañana.

El autor nunca permite que sus personajes se olviden por completo de la realidad de su situación. En los monólogos telefónicos de Beatriz—dirigidos a una amiga nacida de la fantasía y, al parecer, tan alegres—se expresa sutilmente la desilusión de esta mujer. En la hora de crisis, Tía Carolina deja su «papel» de espía internacional y trata de defender a su sobrina del peligro que ésta ha invitado. La maestría del dramaturgo se demuestra plenamente en el acto tercero cuando a Beatriz le llega el momento de confesar que reconoce a su verdadero marido. Sin la menor falta de verosimilitud, abandona la fingida realidad interior y afronta la realidad exterior para expresar la amargura de su vida y para rechazar al hombre infiel.

En otras comedias López Rubio nos muestra el efecto de la pérdida de ilusiones (*La casa de naipes*), el fracaso de un arreglo basado en una ilusión *(Alberto)*, y aún el mal que puede resultar de la vida irreal de una mujer demasiado egoísta *(El remedio en la memoria)*; en *La venda en los ojos* se ve la ilusión triunfante por la ingeniosidad y la imaginación de la protagonista.

COMEDIAS DE LÓPEZ RUBIO

De la noche a la mañana (con Ugarte)　　Madrid, 1929
La casa de naipes (con Ugarte)　　Madrid, 1930
Alberto　　Madrid, 1949
Celos del aire　　Madrid, 1950
Estoy pensando en ti (un acto)　　Madrid, 1950
Veinte y cuarenta　　Madrid, 1951
Una madeja de lana azul celeste　　Valencia, 1951
　　Madrid, 1951
Cena de Navidad　　Madrid, 1951
El remedio en la memoria　　Madrid, 1952
La venda en los ojos　　Madrid, 1954
Cuenta nueva　　Barcelona, 1954
La otra orilla　　Madrid, 1954
El caballero de Barajas　　Madrid, 1955
La novia del espacio　　Barcelona, 1956
Un trono para Cristy　　Madrid, 1956
Las manos son inocentes　　Madrid, 1958
Diana está comunicando　　Madrid, 1960
Esta noche, tampoco　　Madrid, 1961
Nunca es tarde　　Madrid, 1964

BIBLIOGRAFÍA SELECTA

Díaz-Plaja, Guillermo. *El teatro, enciclopedia del arte escénico* (Barcelona, 1958), págs. 495-496.

Fernández Cuenca, Carlos. «El autor y su obra preferida», *Correo Literario* (15 diciembre 1952), 10-12.

Marqueríe, Alfredo. *Veinte años de teatro en España* (Madrid, 1959).

Pérez Minik, Domingo. *Teatro europeo contemporáneo* (Madrid, 1961).

Sainz de Robles, Federico Carlos. *Ensayo de un diccionario de la literatura, II* (Madrid, 1953), págs. 618-619.

Teatro español, 1949-50. Prólogo por F. S. Sainz de Robles, segunda edición (Madrid, 1955), págs. 221-228. (Críticas de *Celos del aire*).

Teatro español, 1950-51, segunda edición (Madrid, 1957), págs. 301-308. (Críticas de *Veinte y cuarenta*).

Teatro español, 1951-52, (Madrid, 1953), págs. 159-162. (Críticas de *Una madeja de lana azul celeste*).

Teatro español, 1953-54, segunda edición (Madrid, 1959), págs. 259-263. (Críticas de *La venda en los ojos*).

Teatro español, 1954-55 (Madrid, 1956), págs. 267-272. (Críticas de *La otra orilla*).

Teatro español, 1958-59 (Madrid, 1960), págs. 3-8. (Críticas de *Las manos son inocentes*).

Bibliografía selecta 9

Teatro español, 1959-60 (Madrid, 1961), págs. 315-318. (Críticas de *Diana está comunicando*).

Teatro español, 1961-62 (Madrid, 1963), págs. 3-8. (Críticas de *Esta noche, tampoco*).

Torrente Ballester, Gonzalo. *Teatro español contemporáneo* (Madrid, 1957).

Valbuena Prat, Angel. *Historia del teatro español* (Barcelona, 1956), págs. 671-673.

La venda en los ojos

PERSONAJES

Carmen
Emilia
Tía Carolina
Tío Gerardo
El Comprador
Beatriz
Villalba
Enriqueta
Quintana
Matilde

LA ACCIÓN

Toda la comedia sucede en un piso de una casa de la calle de Almagro, de Madrid, en época actual. El primer acto, en una mañana de principios de primavera. El segundo acto, a la mañana siguiente. El tercer acto, en la tarde de este mismo día.

Acto primero

Salón de estar de un piso de lujo en Madrid, de una casa no de última hora.[1] Un estilo cualquiera, con detalles más modernos. Una puerta al fondo que da a un pasillo, por el que, a la izquierda, se llega al vestíbulo y puerta de entrada al piso, y, a la derecha, con otras dependencias interiores. Una puerta a la derecha y otra a la izquierda. Un tresillo, con una mesita delante. Un «secrétaire» a la derecha, abierto. En él hay un teléfono de mesa. A un lado, una silla. En la pared, un espejo. Algún cuadro bueno. Lámparas, porcelanas, ceniceros, etc. Buen tono general. Luz de día. Son las once y media de la mañana. Al levantarse el telón, CARMEN y EMILIA están haciendo un poco de limpieza, en traje de faena. CARMEN está todavía en edad de ser viceteiple. EMILIA es bastante mayor, y, como es natural, tiene más experiencia de la vida.

CARMEN.—*(Escandalizada por lo que Emilia acaba de contarle)* ¡Qué barbaridad! ¡Si[2] parece increíble!

EMILIA.—¡Anda ésta![3] Pues eso no es nada todavía. Resulta que, como el señor tiene una amiga y la señora lo sabe, pues la señora se ha arreglado uno de esos que sirven para salir a bailar por las noches a sitios caros. Y como la amiga del señor está podrida de dinero, porque es de esas gentes que antes de la guerra no tenían donde caerse muertas, y se han servido de los que sí tuvieron dónde, y el señor, entre que no da golpe y con el lío de la casa, tiene sus apuros, pues ella le echa una mano...[4]

CARMEN.—*(Ingenuamente.)* ¿Dónde?

---

[1] no de última hora   *not of the most recent construction*
[2] Si   *Why*
[3] ¡Anda ésta!   *Listen to her!*
[4] le echa una mano   *gives him a hand (helps out)*

Acto primero

EMILIA.—¡Mujer!... Quiero decir que contribuye...
CARMEN.—*(Asombrada.)* ¿Que el señor toma dinero de ella?
(Emilia mira a Carmen, sorprendida por la pregunta, y responde, después de recordar, con un gesto de superioridad:)
EMILIA.—Es verdad, que me dijiste que por tu pueblo no pasa el tren...
CARMEN.—Bueno, pero de eso a que una mujer le dé dinero a un hombre...[5]
EMILIA.—¡También tú!... Tu novio, ¿de qué fuma?
CARMEN.—No es lo mismo. ¡Tratándose de señores!
EMILIA.—Pues igual, sólo que rubio;[6] ¡mira ésta! Lo que pasa es que hay hombres de todos los precios. Echale a los que[7] de primeras piden un coche...
CARMEN.—¡Si se lo dan así, de primeras!...
EMILIA.—De primeras les preguntan que de qué marca.
CARMEN.—¿Qué les verán las mujeres a algunos hombres?
EMILIA.—¡Vete a saber! Pero tampoco es difícil... Para el caso, tres cuartos de lo mismo.[8] Tú te detienes en el «Caldo de gallina»,[9] porque no llegan a más tus posibles...
CARMEN.—Sí, y los domingos que me toca, y está lloviendo, ¿quién se sacude[10] en la sala de fiestas?
EMILIA.—Más a mi favor. Es decir, más a su favor. Si pudieras, un suponer,[11] ¿te ibas a detener en seis u ocho cilindros?
CARMEN.—*(Convencida).* Es verdad...
EMILIA.—Que los hombres, al cabo de los años, se han dado cuenta de que también tienen su mérito, porque las mujeres nos hemos ido de tontas y se nos ha visto el plumero.[12] Y, como hay

---

[5] pero ... hombre *but the idea of giving money to a man (Having come to the city from Logroño, a provincial town, Carmen is easily shocked.)*
[6] sólo que rubio *only it's light tobacco (i.e., wealthy women can afford mild cigarettes for their "gentlemen")*
[7] Echale a los que *Take those who*
[8] Para ... mismo *It amounts to the same thing in the end*
[9] «Caldo de gallina» *A slang expression for a cheap brand of cigarettes (Ideales) containing dark tobacco.*
[10] se sacude *pays (Emilia invites her boyfriend to the dance and pays the check herself.)*
[11] Si pudieras, un suponer *Supposing you could*
[12] las mujeres ... el plumero *we women have acted like a bunch of idiots, and they've seen through us*

demanda, se hacen valer. Es como en mi pueblo, que había unas piedras medio negruzcas que no se empleaban más que para hacer muros, o para cercar huertos, y, de pronto, resultó que servían para la guerra. ¡No quieras saber a cómo las pagaban! [13]
CARMEN.—Pero los hombres no será para la guerra...
EMILIA.—No. A la guerra van gratis, y tan contentos. Pero después de las guerras suben, como todo...
CARMEN.—Bueno, sigue contando, que no me lo puedo creer.
EMILIA.—Verás...
CARMEN.—Todo eso lo llevarán en secreto...
EMILIA.—¿Para qué? ¡Si lo sabe todo el mundo! No ha faltado más que lo digan por la radio.
CARMEN.—¿La radio?
EMILIA.—¡Vaya! ¿Va a resultar que tampoco sabes lo que es la radio?
CARMEN.—¡Eso sí, mujer! El aparato que han inventado para oír en casa «El sitio de Zaragoza»...[14] *(Interesada.)* Y ¿qué más?
EMILIA.—Pues nada... Que el señor toma el dinerito de la otra señora, que es la que, en realidad, sostiene la casa.
CARMEN.—¡Ya debe de tener!
EMILIA.—¿Dinero? Ella, si bien se mira, no. Pero el marido...
CARMEN.—*(Estupefacta.)* Pero ¿también está casada?
EMILIA.—¡Claro! Como Dios manda.
CARMEN.—Y la señora de la casa, sabiendo de dónde sale ese dinero...
EMILIA.—El dinero, si vamos a ver, no se sabe nunca de dónde sale. Se sabe hasta dónde llega, si acaso, y ya está bien.
CARMEN.—Vamos, que se hace la distraída...
EMILIA.—¡De maravilla, chica! Y si el señor no trabaja, que eso no hay más que verlo, que tiene una pinta de señor como de aquí a Lima,[15] y, a la hora de cotizar, ahí está, como el primero, dime tú... Porque la casa no es una casa así como así, no vayas a

[13] ¡No quieras ... pagaban! *You'd be amazed how much they paid for them!*
[14] «El sitio de Zaragoza» *a bombastic 19th century musical composition by Cristóbal Oudrid (1829-77). For a period it was frequently requested by radio listeners in Spain.*
[15] pinta de señor ... Lima *appearance of a gentleman who has been around*

Acto primero

creer...[16] La cocinera se ha comprado una casita en la Sierra, no te digo más.

Carmen.—*(Admirada.)* ¡Ahí va![17]

Emilia.—Lo que oyes. Y la señora gasta lo suyo. Mira las medias, sin ir más lejos. *(Se levanta la falda y muestra la pierna.)* Y así todo. Luego te enseñaré mi baúl. Parece que acabo de llegar de Tánger. Y los señoritos, por su lado, no veas.[18]

Carmen.—¿Se dedican a algo?

Emilia.—El mayor dice que vende motocicletas...

Carmen.—Bueno, ¡eso y nada!...[19]

Emilia.—No creas. Ahora vuelven a llevarse mucho.[20] El pequeño quiere ser catedrático.

Carmen.—¡También está listo!

Emilia.—Que todavía es joven y no sabe de la vida. Pero ya se despabilará. Pues los ves a los dos y parecen dos duques de los de verdad, de los que se casan con suramericanas. La señorita es la única que a veces gana al póquer. Pero eso no le llega ni para los aperitivos.[21] Y luego ¡que no le falte nada al amigo de la señora!

Carmen.—A ése habrá que echarle de comer aparte...

Emilia.—No. Come con todos. Se llevan muy bien.

Carmen.—¡Así da gusto!

Emilia.—Y hasta se tratan con la amiga del señor, con la que "tacatá." *(Acción de dar dinero.)*

Carmen.—No hay por qué hacerle un feo a la pobre, después de que es la que afloja la tela todos los meses...[22]

Emilia.—De agradecidos y de atentos, lo que quieras.[23] Las cosas, como son. Pero es mucho barullo, ¿comprendes?

Carmen.—Ya me hago cargo.

[16] Porque la casa ... creer *Because the house isn't an ordinary house at all, you may be sure*
[17] ¡Ahí va! *You don't say!*
[18] Y los señoritos ... veas *And you should see the sons.*
[19] ¡Eso y nada! *That's nothing special!*
[20] Ahora vuelven a llevarse mucho *They're back in style again*
[21] Pero eso ... aperitivos *But that doesn't even pay for the drinks.*
[22] No hay ... meses. *There's no reason to treat her badly, since she is the one who opens her purse every month.*
[23] De agradecidos ... quieras. *Call it gratitude and courtesy or what you will.*

Emilia.—Por eso me salí de aquella casa. No podía más.
Carmen.—¿Y aquí?
Emilia.—Esto es otro cantar. Ya lo irás viendo. Aquí vas a estar bien. Todo lo bien que se puede estar en una casa respetable.
Carmen.—Aquí no habrá ningún tomate de ésos.[24]
Emilia.—*(Dudando.)* Tomate, lo que se dice tomate... Verás... Empezando por la señorita... *(Se calla. Ha oído pasos. Un leve gesto a Carmen y las dos continúan la limpieza. Aparece por la izquierda Tía Carolina. Es una señora de más de sesenta años. Viva de genio. Lleva un sencillo vestido de mañana.)*
Tía Carolina.—*(A Emilia.)* ¿Qué hacen ustedes?
Emilia.—Estamos terminando de quitar el polvo, si no manda otra cosa la señora...
Tía Carolina.—*(A Emilia, por Carmen.)* ¿Sabe ya cuáles son sus obligaciones?
Carmen.—Sí, señora.
Tía Carolina.—*(A Emilia.)* ¿Le ha dicho usted ya que estamos todos locos de remate?
Emilia.—Ahora se lo iba a decir, cuando ha llegado la señora.
Tía Carolina.—Pues eso es lo primero, para que sepa cómo hay que llevarnos el apunte.[25] *(Carmen la mira, asombrada.)* No me mire usted así, que de Logroño no nos hemos comido a ninguna todavía. ¿Verdad, Emilia?
Emilia.—No, señora. Que yo sepa...[26]
Tía Carolina.—*(A Emilia.)* Prepáreme mis cosas. Ya sabe qué día es hoy.
Emilia.—Sí, señora. Ahora mismo. *(Se dirige a la puerta del fondo.)*
Tía Carolina.—*(A Carmen.)* Y usted, arregle la alcoba del señorito Eugenio. No tardará. La señorita[27] ha ido a esperarlo

[24] no habrá ... esos. *there won't be any funny business like that.* (Hay tomate *is a colloquial expression which indicates that there exists a complicated situation from which grave results may be expected.)*
[25] llevarnos el apunte *play along with us*
[26] Que yo sepa *As far as I know*
[27] La señorita *although Beatriz is married, she is the younger woman in the household and therefore a "señorita"*

Acto primero

a Barajas,[28] en su coche... (*Desde la puerta, y de modo que no pueda ser vista por Tía Carolina, que le da la espalda, Emilia indica con gestos a Carmen que no haga caso.*)

Carmen.—Bien, señora.

Tía Carolina.—Y esté usted al cuidado para subir el equipaje... (*Emilia, desde la puerta del fondo, repite a Carmen sus gestos negativos. Carmen la mira sobre el hombro de Tía Carolina. Esta lo advierte.*) Emilia...

Emilia.—Señora...

Tía Carolina.—(*A Emilia, sin volverse.*) ¿Por qué le hace usted señas de que no va a venir el señorito Eugenio?

Emilia.—¿Yo, señora?

Tía Carolina.—Usted, sí. No quiero que crea ésta que soy tonta, además... (*A Carmen.*) ¿No le parece a usted que ya sería demasiado? (*A Emilia, sin volverse.*) ¿Es que tiene usted algún motivo para suponer que no llega hoy el señorito Eugenio?

Emilia.—Motivo, ninguno, señora.

Tía Carolina.—¡Entonces! ...

Emilia.—Pero como desde que estoy en la casa...

Tía Carolina.—(*Volviéndose, a Emilia.*) Desde que está usted en la casa, ¿no se ha acostumbrado a que suceda lo que menos se piensa?

Emilia.—Por lo mismo, señora. ¡Como eso es lo que más se piensa!

Tía Carolina.—Ande, vaya a lo que le he dicho.

Emilia.—Sí, señora. (*Sale por el fondo, derecha.*)

Tía Carolina.—(*A Carmen.*) Y, usted, no se desmoralice.

Carmen.—(*Desconcertada.*) No, señora.

Tía Carolina.—Una casa organizada es la que está dispuesta para cualquier eventualidad: que se queden a cenar ocho personas que no estaban invitadas; que alguien necesite, de pronto, unos patines; que funcione el ascensor; que llegue un viajero..., ¿comprende usted?

Carmen.—(*Que no comprende nada.*) Sí, señora.

Tía Carolina.—Aquí nunca falta un paquete de serpentinas, ni un plano de Copenhague, ni un semáforo...

---

[28] Barajas   *the Madrid airport*

CARMEN.—*(Extrañada.)* Eso,[29] ¿para qué?

TÍA CAROLINA.—Hija, nunca se sabe lo que puede ocurrir. El señor tiene buen cuidado de comprar las cosas útiles que ve en los catálogos que le mandan de fuera. Para nosotros, la ayuda americana llega ya tarde. Tenemos de todo.

CARMEN.—*(Por decir algo.)* ¡Cuando hay posibles!...[30]

TÍA CAROLINA.—Eso,[31] y que el señor dice siempre que hay que estar prevenidos. Ayer, sin ir más lejos, ha firmado con los vecinos del piso de al lado un pacto de no agresión. Nos ceden unas bases en el cuarto de plancha. *(Aparece en la puerta de la derecha el firmante del pacto, Tío Gerardo, un señor de cerca de setenta años. Tranquilo, ordenado. Lleva puesto un batín corto de buena calidad y unas zapatillas. Debajo del batín, su cuello planchado y su corbata. Trae en las manos un extraño aparatito, que manipula lleno de curiosidad. Al verle entrar, a Carmen:)* Esté al cuidado por si vuelve la señorita.

CARMEN.—Bien, señora. *(Carmen va hacia la puerta del fondo.)*

TÍA CAROLINA.—¡Espere! *(Carmen se vuelve, cerca de la puerta.)* Gerardo, creo que deberías tomar una taza de tila.

TÍO GERARDO.—*(Complaciente, preocupado por el extraño aparatito.)* Bueno.

TÍA CAROLINA.—¡Estoy tan nerviosa! *(A Carmen.)* Pida en la cocina una taza de tila para el señor.

CARMEN.—Muy bien, señora. *(Sale por el fondo derecha. Tío Gerardo se sienta.)*

TÍO GERARDO.—*(Tranquilo, sin dejar de dar vueltas al aparatito.)* ¿Qué te pasa?

TÍA CAROLINA.—Beatriz ha ido a Barajas...

TÍO GERARDO.—*(Sin alterarse.)* ¡Ah! A esperar a su marido.

TÍA CAROLINA.—Eso no es lo peor.

TÍO GERARDO.—*(Interesado por el aparatito.)* ¿Qué es lo peor?

TÍA CAROLINA.—Que ha ido con su coche.

---

[29] Eso *All that*
[30] posibles *personal means*
[31] Eso *Indeed (Eso is frequently used to sum up a previous statement to show emphatic agreement or amazement; further occurrences will not be footnoted.)*

Acto primero

Tío Gerardo.—*(Tranquilo.)* ¡Ah!
Tía Carolina.—No puedo acostumbrarme a que vaya conduciendo sola.
Tío Gerardo.—*(Imperturbable.)* Hace ya quince años que conduce...
Tía Carolina.—Sí, pero no me acostumbro. Le puede pasar algo.
Tío Gerardo.—*(Sin perder la calma, siempre interesado en su manipulación.)* Es verdad.
Tía Carolina.—Un choque..., un accidente...
Tío Gerardo.—Claro, claro...
Tía Carolina.—No hay más que leer los periódicos. Cada día más peatones... y plantan más árboles... *(Interesada por el aparatito.)* ¿Qué es eso?
Tío Gerardo.—*(Preocupado.)* No sé. Ha llegado esta mañana. No comprendo para qué pueda servir.
Tía Carolina.—¿No trae un prospecto con la explicación?
Tío Gerardo.—Sí, pero viene en sueco.
Tía Carolina.—Pues, hijo, ya lo puedes tirar.
Tío Gerardo.—¿Por qué? Podemos invitar a almorzar al ministro de Suecia, y con un pretexto cualquiera...
Tía Carolina.—¿Lo conocemos?
Tío Gerardo.—No, pero me puedo hacer el encontradizo,[32] un día que haga frío...
Tía Carolina.—*(Preocupada ya, como buena ama de casa.)* ¿Qué comen los suecos?
Tío Gerardo.—Entremeses.
Tía Carolina.—*(Tranquilizada.)* ¡Ah! Entonces es fácil... *(Entra, por el fondo derecha, Emilia con una taza de tila en una bandeja, con azucarero, servilleta, cucharilla, etc.)*
Emilia.—La tila para la señora. *(Sin esperar, se dirige a Tío Gerardo. Este deja el aparatito sobre el sofá, toma la taza y se sirve el azúcar pacientemente.)*
Tía Carolina.—No sabes cómo te agradezco que tomes tila cuando estoy nerviosa. Yo, no la puedo pasar. ¡Y me calma tanto el verte tranquilo!
Tío Gerardo.—¿Es que me has visto nervioso alguna vez?

[32] hacer el encontradizo   *stage a meeting*

Tía Carolina.—Sí, hombre. El día que nos casamos, sin ir más lejos.

Tío Gerardo.—Ayer, como quien dice...

Tía Carolina.—¿No te acuerdas?

Tío Gerardo.—No. Sería por algo.

Tía Carolina.—*(Con intención.)* Quizá porque te ibas a casar.

Tío Gerardo.—No. Eso ya lo sabía desde que conocí a tu madre. *(Se ha bebido su tila y devuelve la taza a Emilia.)* Gracias.

Emilia.—De nada, señor. Ahí hay un caballero que viene por el anuncio del periódico.

Tío Gerardo.—*(Muy animado.)* ¡Ah!

Tía Carolina.—¿Qué has anunciado hoy?

Tío Gerardo.—El jarrón del recibimiento.

Tía Carolina.—*(Con un gesto de desconfianza.)* Es una imitación.

Tío Gerardo.—*(Esperanzado.)* Sí, pero ¡tan mala!...

Tía Carolina.—Recíbelo aquí. Yo voy a arreglarme antes que vuelva Beatriz.

Tío Gerardo.—¿De qué te toca? [33]

Tía Carolina.—De lady Agatha Bresford. ¡Si vieras que hoy no me siento nada inglesa! [34]

Tío Gerardo.—Pues, mira, ¡con cambiar!...

Tía Carolina.—*(Con un gesto de fastidio.)* Lo tengo ya todo preparado. *(A Emilia.)* Haga pasar a ese señor.

Emilia.—Sí, señora. *(Sale por el fondo izquierda.)*

Tía Carolina.—A ver [35] si te dura hasta la hora de almorzar.

Tío Gerardo.—Veremos... *(Sale Tía Carolina por la izquierda. Tío Gerardo queda unos instantes entretenido con el aparatito. A poco, entra Emilia conduciendo a El Comprador. El Comprador es hombre también entrado en años. Lleva puesto un abrigo de entretiempo, y trae en la mano el sombrero y un periódico doblado. Es un hombre pulcro y bien educado.)*

---

[33] ¿De qué te toca? *Who's it to be today?*

[34] ¡Si vieras ... inglesa! *But I assure you I don't feel at all English today!*

[35] A ver = vamos a ver

Acto primero

EMILIA.—*(Al Comprador, indicando.)* El señor.
EL COMPRADOR.—Buenos días.
TÍO GERARDO.—*(Poniéndose en pie y dejando el aparatito sobre el sofá.)* ¡Ah! Pase usted. Pase.
EL COMPRADOR.—He leído esta mañana...
TÍO GERARDO.—*(Acercándose a darle la mano afectuosamente.)* ¿Cómo está usted?
EL COMPRADOR.—*(Un poco desconcertado por aquella efusión.)* Bien ¿Y usted?
TÍO GERARDO.—*(Confidencial.)* Así, así...
EL COMPRADOR.—¡Ah!
TÍO GERARDO.—La tensión.[36]
EL COMPRADOR.—¿Alta?
TÍO GERARDO.—¡Uh!
EL COMPRADOR.—Yo, también.
TÍO GERARDO.—Veintiuno de máxima.[37]
EL COMPRADOR.—Diecinueve.
TÍO GERARDO.—*(Satisfecho por su marca.)* ¡Ah!
EL COMPRADOR.—Pues yo venía a...
TÍO GERARDO.—*(Amabilísimo.)* Siéntese usted.
EL COMPRADOR.—Es que...
TÍO GERARDO.—*(Comprendiendo que ya es suyo.)* Y quítese el abrigo... Estará más cómodo.
EL COMPRADOR.—*(Resistiendo débilmente.)* No, si es...
TÍO GERARDO.—*(A Emilia, que ha quedado junto a la puerta.)* Emilia, tome el abrigo del señor... *(Emilia avanza. El Comprador no acierta a negarse y empieza a quitarse el abrigo, ayudado por Tío Gerardo.)*
TÍO GERARDO.—*(A Emilia.)* Y nos trae usted unas copas.
EL COMPRADOR.—¡No, no! No se moleste.
TÍO GERARDO.—¿Qué le tienen a usted absolutamente prohibido?
EL COMPRADOR.—El coñac..., el ron... Pero...
TÍO GERARDO.—Lo mismo que a mí. *(A Emilia, que ha to-*

---

[36] La tensión *blood pressure*
[37] Veintiuno de máxima. *Up to twenty-one (above normal). (Tío Gerardo and the Buyer are comparing high blood pressures. We would say 210.)*

mado el abrigo del Comprador.) Una botella de aquel ron viejo que nos mandaron de Cuba...

Emilia.—Sí, señor.

El Comprador.—(A Emilia.) No. Espere. (A Tío Gerardo.) No ha comprendido usted. Sería un suicidio.

Tío Gerardo.—Por eso. No hay nada mejor que suicidarse todos los días un poco. Se le quitan a uno las ideas de suicidarse del todo. (A Emilia, firme.) Una botella y dos copas. (Emilia se dirige a la puerta del fondo. Al Comprador.) Porque el mundo, tal como va... ¿O está usted conforme con como va el mundo?

El Comprador.—(Que nunca se había planteado este problema, duda.) Hombre, no sé... Claro que, bien mirado...

Tío Gerardo.—Entonces querrá usted también unas galletas... (Emilia se detiene cerca de la puerta, volviéndose.)

El Comprador.—Yo, no. Gracias.

Tío Gerardo.—No participará usted de ese error de la mayor parte de los hombres, desde que les apunta el bigote, de suponer que la última galleta debe cruzarse con [38] el primer cigarrillo. Las galletas son la fuente de la juventud. (A Emilia.) De las holandesas. (Emilia asiente y sale por el fondo izquierda. Al Comprador.) Pero siéntese usted... Aquí, venga. (El Comprador accede a ir a sentarse en el sofá. Deteniéndole.) ¡Espere! No se vaya a hacer daño [39] con esto. (Toma del sofá el aparatito.)

El Comprador.—(Extrañado.) ¿Qué es?

Tío Gerardo.—(Dejando el aparatito sobre la mesa.) No sé. Me ha tenido entretenidísimo toda la mañana. Luego jugaremos otro poco. ¿De qué estábamos hablando? (Se han sentado.)

El Comprador.—(Feliz de poder hablar.) Pues yo...

Tío Gerardo.—(Interrumpiéndole.) ¡Ah! Sí. De la situación del mundo. (Satisfecho.) Amplio tema. No sé para qué se reúnen tanto, si luego no concluyen nada. Ya ve usted el pavimento de esta calle, que es lo que coge más cerca [40]...

---

[38] debe cruzarse con   leads to
[39] No se vaya ... daño   Be careful that you don't hurt yourself
[40] que es ... cerca   which is what gets you where it hurts

Acto primero 25

Lleva así un año.⁴¹ Yo les escribo sobre el particular a los cuatro grandes.⁴²

El Comprador.—¿A Rusia también?

Tío Gerardo.—Sí, pero en Correos no han sabido decirme qué franqueo necesita la carta. Parece ser que no hay antecedentes...

El Comprador.—*(Creyendo que ha encontrado un hueco para poder hablar.)* Pues he venido por...

Tío Gerardo.—¿Tiene usted mucha prisa?

El Comprador.—No, pero usted debe conocer el objeto de mi visita...

Tío Gerardo.—*(Desanimado.)* ¡Si no hay más remedio!...⁴³ El anuncio, ¿no?

El Comprador.—Eso es. He leído esta mañana en el periódico... *(Ha conservado el diario en la mano y lo desdobla.)* En la sección de anuncios por palabras...⁴⁴ En el apartado de Ventas...⁴⁵

Tío Gerardo.—*(Aburrido.)* Ya, ya sé.

El Comprador.—*(Lee, después de ponerse sus lentes.)* "A particular, jarrón chino porcelana, dinastía Ming." Y el número del teléfono. Llamé a primera hora y me dieron las señas.

Tío Gerardo.—*(Resignado.)* Y ahora querrá usted ver el jarrón...

El Comprador.—*(Nuevamente desconcertado.)* Yo..., claro...

Tío Gerardo.—*(Pensativo.)* Ya...

El Comprador.—¿Cuánto pide por él?

Tío Gerardo.—Sesenta mil pesetas.

El Comprador.—Un poco caro... Pero si es verdaderamente de la dinastía Ming...

Tío Gerardo.—*(Conciliador.)* ¡Hombre!... ¿Usted entiende mucho?

El Comprador.—Bastante. Y especialmente de esa época.

---

⁴¹ Lleva así un año. *It's been that way a year.*
⁴² los cuatro grandes *the Big Four (England, France, Russia and the U. S.)*
⁴³ ¡Si no hay más remedio! *If it can't be helped!*
⁴⁴ anuncios por palabras *classified ads*
⁴⁵ apartado de Ventas *for sale section*

Tío Gerardo.—*(Lamentándolo sinceramente.)* ¡También es mala suerte!... ¿No lo ha visto usted al llegar?

El Comprador.—*(Casi ofendido.)* No me irá usted a decir que es el que hay en el recibimiento...

Tío Gerardo.—*(Tristemente.)* Sí. Se lo iba a decir... ¡Pero ya...!

El Comprador.—*(Dignamente.)* ¡Caballero!...

Tío Gerardo.—*(Reconociéndolo, suave.)* No es auténtico...

El Comprador.—*(Implacable.)* No necesita usted insistir mucho.

Tío Gerardo.—*(Tímidamente.)* ¡Como tiene un dragón!...

El Comprador.—¡Es lo menos que puede tener!

Tío Gerardo.—¡Y como lleva ahí tanto tiempo!...[46]

El Comprador.—¿Cuánto?

Tío Gerardo.—*(Un poco animado.)* ¡Fíjese! Desde la boda de mi sobrina. Unos...

El Comprador.—¿Cuatro siglos?

Tío Gerardo.—No, no. No creo... *(Piensa y se asegura.)* No. Yo fui el padrino...[47]

El Comprador.—La dinastía Ming comenzó en el siglo catorce de nuestra era...

Tío Gerardo.—*(Convencido.)* Entonces, no.

El Comprador.—Ni es chino, siquiera. En [48] doscientas pesetas sería un robo.

Tío Gerardo.—*(Digno.)* No lo voy a vender en doscientas pesetas...

El Comprador.—¿Quiere usted todavía las sesenta mil?

Tío Gerardo.—*(Vencido.)* No. No quiero nada. No lo puedo vender. *(El Comprador le mira, asombrado.)* Ya le he dicho que es un regalo de boda... De unos primos nuestros. Esos regalos de los parientes hay que soportarlos estoicamente, porque ¡como vienen de visita cuando menos se les espera! *(Abrumado.)* ¡Y son eternos! Mire usted que está al paso [49] y casi al borde...

[46] ¡Y como... tiempo!   *And since it's been there so long!*
[47] Yo fui el padrino.   *I gave away the bride.*
[48] En   *At*
[49] al paso   *in the way*

Acto primero

El Comprador.—*(Con espíritu de cooperación.)* Empujándole un poco, sin querer...

Tío Gerardo.—*(Mirándole compasivamente.)* ¿Cree usted que no se nos ha ocurrido? *(Suspira.)* Las imitaciones duran toda la vida. No sé de qué las hacen... Si hubiera sido Ming de verdad, sólo con mirarlo... *(Hay un silencio doloroso.)*

El Comprador.—Díganles que se ha roto, y...

Tío Gerardo.—*(Triste.)* No tenemos valor. ¡Son tan felices cuando vienen y lo ven ahí! Todo el que regala algo, se mira en el regalo como en un espejo. Y se encuentra muy favorecido. *(Otro corto silencio. Entra Emilia, por el fondo derecha, con una bandeja en la que hay una botella de ron, dos copas y un plato con galletas. Lo coloca todo sobre la mesa que hay delante del sofá. Va a abrir la botella.)*

Tío Gerardo.—*(A Emilia.)* Deje usted. Serviré yo.

Emilia.—Como quiera el señor. *(Emilia inicia la salida hacia el fondo.)*

Tío Gerardo.—*(A Emilia.)* Y diga a la señora que puede venir, si quiere; que es un comprador muy simpático.

El Comprador.—*(Sorprendido.)* Gracias.

Emilia.—*(Dudando.)* Está vestida de...

Tío Gerardo.—No importa. *(Por El Comprador.)* El señor se hará cargo. *(Sale Emilia por el fondo derecha. Tío Gerardo toma la botella y le quita el corcho.)*

Tío Gerardo.—Vamos a darle una oportunidad a la tensión.⁵⁰ ¡A ver si es hombre!... *(Sirve en las copas. El Comprador está callado y pensativo.)*

Tío Gerardo.—¿En qué piensa usted?

El Comprador.—¿Puedo permitirme una pregunta?

Tío Gerardo.—*(Mirando su reloj.)* Puede usted permitirse doce preguntas. Luego pregunto yo. ¿La parece? Y así... *(El Comprador le mira, sin saber qué responder.)* Bebamos antes. *(Le ofrece una copa.)*

El Comprador.—*(Resignado a todo, toma la copa.)* Venga. Sea lo que Dios quiera. Me va a caer fatal.⁵¹

Tío Gerardo.—Se puede usted echar un poco, después, si

---

⁵⁰ la tensión   *(high) blood pressure*
⁵¹ Me va a caer fatal   *It's going to prove fatal to me*

quiere... *(Alza su copa en un brindis silencioso. El Comprador repite el gesto. Beben.)* ¿Qué?

El Comprador.—Excelente. *(Suspira.)* Me voy a subir por las paredes.

Tío Gerardo.—Bueno, quitaremos los cuadros no vaya usted a tropezar.[52] ¿Cuál era la pregunta?

El Comprador.—*(Recordando.)* ¡Ah!... Pues... Si no piensa usted vender el jarrón, ¿por qué pone un anuncio en el periódico?

Tío Gerardo.—*(Un poco triste.)* Mire usted... Tengo bastantes años..., salgo poco... Me paso en casa muchas horas... Pongo anuncios de esos... Dos o tres por semana... Cuadros..., bargueños..., cristalerías..., armaduras del siglo trece... Con ese motivo, viene gente... Y charlamos un rato...

El Comprador.—¿De qué?

Tío Gerardo.—Una vez que se convencen de que no hay negocio posible, de todo. Hay gente muy agradable. Ya ve usted que tengo buen cuidado de indicar que sólo a particulares. Los profesionales siempre traen prisa. Una persona que está dispuesta a comprar una talla de Alonso Cano[53] o un centro de Sajonia, ya comprenderá usted que dispone de dinero.[54] Y el que dispone de dinero, dispone de tiempo. Hay mañanas que esto se anima mucho, y acabamos jugando a la baraja.

El Comprador.—*(Mirando a su alrededor.)* Pues lo que es hoy...[55]

Tío Gerardo.—Sí. Me he equivocado. Creí que China contaba con más simpatías.[56] Puede que sea por motivos políticos. El día de la primera edición de «La Tauromaquia», de Goya, fue estupendo. Parecía que era mi santo...[57] Hasta se bailó un poco... *(Un corto silencio.)* Además, aprovecho para conseguir autógrafos. *(Se levanta y se dirige al «secrétaire», del que toma un álbum de autógrafos encuadernado en piel. Vuelve con él junto al Comprador.)* ¿Quiere usted firmar aquí? *(Le entrega el álbum abierto.)*

[52] no vaya usted a tropezar   *so you won't trip (while climbing the walls)*
[53] Alonso Cano   *Spanish painter and sculptor (1601-67)*
[54] dispone de dinero   *have money to spend*
[55] Pues lo que es hoy   *Well, as far as today is concerned*
[56] contaba con más simpatías   *could count on a larger following*
[57] mi santo   *my Saint's Day (In Spain it is customary to celebrate one's Saint's Day in the manner of a birthday.)*

Acto primero 29

El Comprador.—*(Sorprendido.)* ¿Yo? Pero... ¡si [58] yo no soy persona importante!

Tío Gerardo.—Ya se ve. Por eso... Poseer autógrafos de gente más o menos famosa, está al alcance de cualquiera. Yo colecciono firmas desconocidas. Vea usted. Hay hasta un José López... y un Antonio García... ¿Se da usted cuenta? Ni de uno sólo se ha oído hablar nunca, ni se han ocupado jamás los periódicos. Nadie tiene un autógrafo de ninguno de ellos...

El Comprador.—*(Casi convencido, hojeando el álbum.)* Es verdad...

Tío Gerardo.—*(Sacando una pluma estilográfica, que ofrece al Comprador.)* Firme usted. *(El Comprador no puede negarse. Toma la pluma y firma. Ha aparecido por la izquierda Tía Carolina. Lleva el mismo vestido, pero se ha puesto un sombrero lleno de violetas artificiales, un boa de plumas y unos guantes largos. Trae un quitasol cerrado y un bolso muy pasado de moda. Se detiene en el umbral. Tomando el álbum de manos del Comprador.)* Muchas gracias. *(Advierte la presencia de Tía Carolina.)* ¡Ah! *(Deja el álbum y la pluma sobre la mesa. Al Comprador.)* Le voy a presentar... *(El Comprador vuelve la cabeza y se pone en pie. Tío Gerardo va a buscar a Tía Carolina y la trae de la mano. Al Comprador.)* Lady Agatha Bresford. *(El Comprador mira asombrado a Tía Carolina.)* El señor del jarrón chino.

El Comprador.—*(A Tía Carolina.)* "How do you do?"

Tía Carolina.—*(A Tío Gerardo.)* ¿Qué dice?

Tío Gerardo.—*(A Tía Carolina.)* Que cómo estás... Habla en inglés.

Tía Carolina.—¡Ay, pobre!... ¿Siempre?

Tío Gerardo.—No, mujer. En estado normal...

El Comprador.—*(Sincerándose.)* Creí que era usted inglesa, lady Agatha...

Tía Carolina.—Sí, pero estoy doblada [59] al español. *(A Tío Gerardo.)* ¿No le has contado...?

Tío Gerardo.—Verás... No sé cómo se nos ha pasado el tiempo... *(Al Comprador.)* ¿Verdad?

El Comprador.—Sí.

[58] si *why*
[59] doblada *dubbed*

Acto primero

Tía Carolina.—*(Con cierto recelo, al Comprador.)* No se irá a llevar el jarrón...

Tío Gerardo.—¿Crees que es tonto?

El Comprador.—*(A Tía Carolina.)* No, señora. Ya sé que no venden ustedes nada.

Tía Carolina.—Tenemos mucho dinero, ¿sabe usted? No podemos desprendernos de ningún objeto horrible. Daríamos que hablar.[60] Se creería que estábamos arruinados. Bajarían las acciones de las empresas en que tenemos la mitad más una...[61] Verá usted... Nuestra sobrina...

Tío Gerardo.—*(Señalando la botella.)* ¿Otra copita?

El Comprador.—No, no.

Tío Gerardo.—*(Ofreciéndole el plato.)* Una galleta, sí. *(Cruza por el fondo, de derecha a izquierda, Carmen.)*

El Comprador.—*(Tomando una galleta.)* Bueno. *(A Tía Carolina.)* ¿Decía usted, señora?

Tía Carolina.—Pues que Beatriz, nuestra sobrina...

Tío Gerardo.—*(Que oye pasos dentro.)* ¡Cuidado, Carolina! Me parece que está ahí...

Tía Carolina.—*(Al Comprador.)* Ha ido a Barajas a esperar a su marido al avión de Barcelona...

El Comprador.—¡Ah! *(Entra, por el fondo izquierda, Beatriz. Ha pasado de los treinta años. Viste muy bien, de mañana, con sombrero y un abrigo ligero. Sus movimientos son decididos y alegres. La sigue Carmen. Beatriz le entrega el bolso y el sombrero, que se quita al entrar.)*

Beatriz.—*(A Carmen.)* ¿Quiere dejar esto en mi cuarto?

Carmen.—Sí, señorita. *(Carmen va a salir. Beatriz, que la ha mirado al entregarle el bolso y el sombrero, la detiene.)*

Beatriz.—¡Espere! *(Carmen se detiene. Beatriz le pasa un dedo por la mejilla y lo mira después.)* Cuando vuelva el carbonero, le dice usted que la última tonelada que nos ha traído no eran más que piedras pintadas de negro. Bien pintadas, no digo que no. No quiero quitarle su mérito al artista.[62] Pero que preferiríamos algo que fuera combustible.

Carmen.—*(Un poco avergonzada.)* Sí, señorita. *(Va a salir.)*

---

[60] Daríamos que hablar   *We would cause talk*
[61] la mitad más una   *a half plus one (51% or the controlling interest)*
[62] No quiero... artista   *I don't want to deprive him of his artistic due*

Acto primero   31

BEATRIZ.—*(Deteniéndola con la voz.)* Ultimas noticias.[63] El carbonero es casado y tiene cuatro hijos. Tres con su mujer y otro con una chica que estuvo de doncella en el ático...[64] ¿No se habrá usted comprometido para salir con él este domingo, en la camioneta, a la carretera de Extremadura?...

CARMEN.—*(Dignamente.)* ¡No, señorita!

BEATRIZ.—¡Menos mal! [65]

CARMEN.—Este domingo no me toca...[66]

BEATRIZ.—Pero ¿se ha referido y a la carretera de Extremadura?

CARMEN.—*(Dignamente.)* No, señorita. No se lo hubiera yo consentido. Ha dicho Colmenar Viejo.[67]

BEATRIZ.—¡Ah! Está cambiando de paisaje... No se fíe, por si acaso.[68] La Pedriza también tiene sus peligros y es más incómoda. ¡Y aún dicen que el carbón es caro! Ande, vaya a dejar eso...

CARMEN.—Sí, señorita. *(Sale por el fondo derecha. Beatriz se dirige al "secrétaire" y toma el teléfono, sin haber notado, al parecer, la presencia de los otros personajes. Marca un número. Cuando se supone que contestan, habla.)*

BEATRIZ.—*(Al teléfono.)* Por favor, ¿la señorita Julia? ¡Ah! ¿Eres tú?... ¿Cómo estás, guapa?... Yo, bien. Vamos, como siempre... Sí, he salido... He ido a Barajas, a esperar a Eugenio, que dijo que llegaba hoy... Sí, de Barcelona... No, no ha llegado. Vendrá mañana... Sí. Iré a esperarle... ¿Y tu marido? ¿Ha hecho ya las paces con su amiga?...[69] ¡Vaya! ¡Menos mal! Así te dejará tranquila... Sí, hija. Los hombres que no van a ninguna oficina, ni tienen uno, se ponen pesadísimos... Claro, se aburren y no se hacen cargo de que una... ¡Ah! Sí. Me ha vuelto a seguir...[70] No, no. No me ha dicho nada... Bueno, sí. Me ha preguntado

---

[63] Ultimas noticias   *Latest news*
[64] que estuvo ... ático   *who was the upstairs maid*
[65] ¡Menos mal!   *Thank goodness!*
[66] no me toca   *isn't my day off*
[67] Colmenar Viejo   *A town some fifteen miles north of Madrid, in the opposite direction from the Extremadura highway. La Pedriza is a rustic spot NW of Madrid.*
[68] No se fíe ... acaso   *Be on your guard, just in case*
[69] ¿Ha hecho ... paces?   *Has he made up with his girl friend?*
[70] Me ha vuelto a seguir   *He's started following me again*

la hora, en el aeropuerto... No, no le he contestado, porque esa pregunta no se le hace a una mujer decente. ¡Qué va! ¡Si estábamos al lado del reloj grande que hay en la pared!... Eso te demostrará cuáles son sus intenciones... Pues, mira... De esa edad en que los hombres pueden representar diez años menos de los que tienen... Sí, chica. No sé cómo se las arreglan...[71] Sí; ¡lo que una se pasa procurando toda la vida!... Pues ellos... Y eso que no se dan coba, ni se ponen pestañas postizas. Si no,[72] no sé dónde íbamos a ir a parar... Exactamente... Cuando se ponen interesantes, a lo mejor [73] sin serlo, y, ya, te da igual... Tampoco te puedo decir. Es un hombre de esos que depende de donde te los encuentres. En un tren que lleve coche-cama, da muy bien.[74] En un barco grande, o en el «hall» de un hotel importante, sensacional... En el aeródromo, no tanto. ¡Cómo ya viaja en avión toda clase de gente! Yo creo que por eso se caen más que antes... No, mujer. ¡No iba a dejar su viaje por mí! ¡Un viaje tan largo!... No. No sé dónde, pero, por la pinta, es de viaje internacional. De Lisboa para allá... No sé. Ni bien ni mal...[75] Vamos, que no se nota.[76] Y eso, en el fondo, siempre quiere decir que viste bien... Sí, tiene coche. Si no, ¿cómo me iba a seguir, mujer?... Un coche pequeño, de esos que da el ministro... No, hija. El hombre ideal, tampoco... Para una mujer casada, un peligro muy llevadero... Para una soltera de diecisiete años o de treinta y nueve, irresistible... Sí, sí fuma. Mucho menos que una mujer, claro... ¡Ni lo pienses!... No te lo voy a presentar, porque no lo voy a conocer. ¡Bien sabes que le soy fiel a Eugenio! Y es una pena, porque a tus tardes de canasta le iría muy bien... No, no. Te digo que no pienso ni darme por enterada...[77] Si me vuelve a preguntar la hora que es, le pararé los pies.[78] ¿Qué se

---

[71] No sé... arreglan... *I don't know how they manage...*
[72] Si no *If they did..*
[73] a lo mejor *probably*
[74] da muy bien *he'd be fine*
[75] Ni bien ni mal *(Beatriz is referring to the man's clothes.)*
[76] que no se nota *one doesn't notice (his clothes)*
[77] no pienso... enterada *I don't even intend to let on that I notice*
[78] le pararé los pies *I'll put him in his place*

Acto primero

ha creído, que eso se le puede preguntar a una señora?... ¡Ah, pues, hija, que aprenda! Los cabarets y Chicote,[79] los tienen muy mal acostumbrados. Como se pregunta la hora que es, y ya está... Bueno, preciosa, te dejo, que tendrás que hacer...[80] ¿La cuenta de la cocinera? No te digo nada. Defiéndete como puedas...[81] Sí, luego te llamaré. No sé todavía lo que voy a hacer... Bueno, adiós, encanto...[82] ¡Adiós! *(Cuelga el teléfono. Tía Carolina, Tío Gerardo y El Comprador han seguido en silencio toda la conversación telefónica de Beatriz. Tía Carolina y Tío Gerardo han cambiado miradas en algunos momentos, pero están muy tranquilos. El Comprador no comprende nada. Beatriz se vuelve y, por primera vez, parece darse cuenta de la presencia de los otros personajes. Finge sorpresa y se dirige primero a Tía Carolina.)* ¡Ah! Pero ¿estaban ustedes ahí?... Lady Agatha, darling, ¿qué tal? *(La besa.)*

Tía Carolina.—Bien.

Beatriz.—¿Su castillo de Escocia?...

Tía Carolina.—Lleno de fantasmas, como siempre...

Beatriz.—¿No había usted encontrado unos polvos para exterminarlos?

Tía Carolina.—Sí, pero resultan muy nocivos para las personas vivas, por lo que ha habido muchas bajas entre la servidumbre. Y, naturalmente, han aumentado los fantasmas nuevos, y es el cuento de nunca acabar...[83]

Beatriz.—*(A Tío Gerardo.)* Y tú, ¿cómo estás, tío Gerardo?

Tío Gerardo.—Lo mismo.

Beatriz.—*(Por el Comprador.)* ¿Conozco a este señor?

Tío Gerardo.—No.

Tía Carolina.—Es puesto de hoy.[84]

Beatriz.—¿Se va a quedar a comer?

El Comprador.—¡No, no!...

Tío Gerardo.—¡Claro que sí! ¡Se queda!

[79] Chicote   *a bar on the Gran Vía in Madrid*
[80] que tendrás que hacer   *for you must have things to do*
[81] Defiéndete como puedas   *Manage it as best you can*
[82] encanto   *darling*
[83] el cuento de nunca acabar   *a never-ending affair*
[84] Es puesto de hoy   *He's today's caller*

Tía Carolina.—*(Al Comprador.)* ¿Le gusta a usted el arroz?

El Comprador.—*(Incapaz de mentir.)* Sí, señora.

Tío Gerardo.—*(Sin admitir discusión.)* ¡Entonces!...

Tía Carolina.—Aquí hay días que nos sale muy bien. Le ponemos de todo, ¿sabe usted?

Tío Gerardo.—Hasta regalos, como al roscón de Reyes.[85] Se puede usted encontrar un reloj...

El Comprador.—*(Tímidamente.)* Pero es que yo...

Tío Gerardo.—Nada, nada... Ya sabemos que le gusta el arroz. Y si no le gusta el reloj, le echamos otra cosa.

Tía Carolina.—¡Como la paella[86] no se hace hasta el último momento!

Tío Gerardo.—O le damos su importe en metálico.[87]

El Comprador.—¡De ningún modo!

Tío Gerardo.—*(A Tía Carolina.)* Di que le pongan un encendedor de gas.[88]

Tía Carolina.—*(Dudando.)* Le va a dar mal sabor...

El Comprador.—*(Dando facilidades.)* Yo, con el pollo, tengo bastante...

Beatriz.—¡Si viera usted que hay días en que el pollo pierde todo su interés!... *(A Tía Carolina.)* ¿Se acuerda, lady Agatha, de cuando me tocó aquel «rénard» plateado?[89]

El Comprador.—*(Aterrado.)* ¿En la paella?

Beatriz.—No, hombre... En esos casos se pone un vale muy dobladito[90] y se canjea... Entonces le veré luego, ¿eh? Voy a cambiarme.

Tía Carolina.—¿Vas a salir antes de comer?

Beatriz.—*(Yendo hacia la puerta de la izquierda.)* No sé. Depende. Me asomaré al balcón a ver qué día hace.

Tía Carolina.—¿Con quién hablabas por teléfono?

Beatriz.—*(Ya en la puerta.)* ¿Yo? ¡Ah! Con nadie. Era uno

---

[85] roscón de Reyes Christmas loaf (in which surprises are placed for children)
[86] paella dish of rice, chicken, shellfish, etc.
[87] O le damos ... metálico Or we give its value in cash
[88] Di que ... gas. Have them put in a cigarette lighter for him.
[89] «rénard» plateado silver fox fur
[90] muy dobladito all folded up

Acto primero 35

que se había equivocado de número. *(Sale, resueltamente, por la izquierda. Hay, entre los que quedan, un pequeño silencio. El Comprador no sabe qué decir. Tía Carolina y Tío Gerardo notan su perplejidad.)*

Tía Carolina.—*(Explicando al Comprador.)* Claro que no ha hablado con nadie...

El Comprador.—Pero si...

Tía Carolina.—Julia no existe.

Tío Gerardo.—Ella llama a un número cualquiera... y habla...

Tía Carolina.—Y dice todo lo que no nos quiere decir...

Tío Gerardo.—Pero de lo que quiere que nos enteremos...

Tía Carolina.—*(Con emoción.)* No tiene secretos para nosotros.

El Comprador.—Pero, de ese número, contestarán...

Tío Gerardo.—¡Claro!

Tía Carolina.—Pero suponen que es un cruce y, cuando se cansan, cuelgan.

El Comprador.—*(Sin comprender nada.)* Ya...

Tía Carolina.—Le parecerá a usted todo muy extraño...

El Comprador.—*(Queriendo ser educado.)* No, no...

Tía Carolina.—Pues, hijo, de corriente, no tiene nada...

Tío Gerardo.—¿Sabe usted a lo que ha ido nuestra sobrina a Barajas esta mañana?

El Comprador.—*(Encantado de estar seguro de algo.)* Eso es lo único seguro. A esperar a su marido.

Tía Carolina.—Y ¿qué ha pasado?

El Comprador.—Que no llegó...

Tío Gerardo.—Pero...

El Comprador.—... que llegará mañana...

Tía Carolina.—¿Se dice todavía «nanay»? [91] ¡Yo salgo tan poco!...

El Comprador.—Pues... menos que antes...

Tía Carolina.—Pero ¿sabe usted lo que quiere decir?

El Comprador.—¿Nanay?... Sí, claro...

[91] nanay *(An intensive negative. It was a colloquial expression of the early part of the 20th century, and the fact that Tía Carolina asks if it is still in use indicates that she has little contact with the outside world.)*

Tía Carolina.—Pues eso. (*El Comprador se encuentra perdido. Tío Gerardo, amablemente, acude en su auxilio.*)[92]
Tío Gerardo.—Nuestra sobrina llega todas las mañanas a Barajas...
Tía Carolina.—A la misma hora.
Tío Gerardo.—Ya la conocen...
Tía Carolina.—Creo que la llaman la «TWA».
El Comprador.—Pero ¿no va a esperar a su marido?
Tío Gerardo.—Eso, sí.
Tía Carolina.—Desde hace diez años. Como un clavo.[93]
El Comprador.—¿Diez años?
Tío Gerardo.—Desde una mañana en que debió llegar...
Tía Carolina.—... y no llegó.
Tío Gerardo.—Ella supuso que había perdido el avión y volvió al día siguiente...
Tía Carolina.—...al otro.
Tío Gerardo.—Y el jueves, y el viernes, y el sábado...
Tía Carolina.—...y mayo, y junio, y julio...
Tío Gerardo.—...y agosto, con todo el calor...
Tía Carolina.—...y mil novecientos cuarenta y cinco, y mil novecientos cuarenta y seis...
Tío Gerardo.—Arreglaron las pistas, que se habían quedado pequeñas...
Tía Carolina.—Cada vez llegaba más gente...
Tío Gerardo.—Turistas...
Tía Carolina.—Toreros, de Méjico...
Tío Gerardo.—Obispos, de Filipinas...
Tía Carolina.—Ava Gardner...
Tío Gerardo.—Todo el mundo, menos su marido...
El Comprador.—¿Qué le había pasado?
Tío Gerardo.—Se había largado a Mallorca con una modelo...
El Comprador.—¿Era pintor?
Tía Carolina.—No sea usted tonto, hombre. Ya los pintores no usan modelos... ¿No ve usted que son abstractos?

[92] acude en su auxilio   *comes to his aid*
[93] Como un clavo   *Without fail*

Acto primero

Tío Gerardo.—Una modelo de una casa de modas.
El Comprador.—(Comprendiendo.) Ya... (Por decir algo.) A Mallorca, ¿eh?
Tía Carolina.—¡Figúrese!
El Comprador.—Bueno; pero de Mallorca se puede volver. También hay avión...
Tío Gerardo.—Si se quiere volver, claro que sí.
Tía Carolina.—Pero Mallorca es definitiva.
Tío Gerardo.—Sí. ¡Con lo pequeña que parece!
Tía Carolina.—Allí van los recién casados a remachar bien su felicidad...
El Comprador.—¿Ustedes también?
Tía Carolina.—No. Cuando nosotros nos casamos, Mallorca no se había inventado aún.
Tío Gerardo.—Todo parece estar allí planeado para el amor...
Tía Carolina.—Las playas...
Tío Gerardo.—Las grutas...
Tía Carolina.—Y no hay que retratarse de moros,[94] como en Granada...
Tío Gerardo.—Si se hubiese ido con la modelo a otro sitio siempre hubiera cabido una esperanza...[95]
Tía Carolina.—Pero Mallorca los ató con una fuerza increíble...
Tío Gerardo.—Se fueron para un fin de semana...
Tía Carolina.—De allí, a París, que tampoco es manco...[96]
Tío Gerardo.—Allí le perdimos la pista.
Tía Carolina.—El hombre que descubre París con una mujer, sea del país o importada, está irremisiblemente perdido para la meseta castellana...
El Comprador.—¡Diez años! Y, desde entonces...
Tía Carolina.—Ya ha visto usted...
Tío Gerardo.—No se da cuenta de que pasa el tiempo...
Tía Carolina.—Para ella, solamente pasan las modas.

[94] retratarse de moros *to have your picture taken in Moorish costume*
[95] hubiera cabido una esperanza... *there might have been room for hope*...
[96] que tampoco es manco... *which isn't lacking (in charm) either*...

Tío Gerardo.—Tiene siempre preparada la habitación de su marido.

Tía Carolina.—Junto a la suya...

Tío Gerardo.—Porque siempre cree que va a llegar...

El Comprador.—*(Impresionado.)* ¡Es terrible!...

Tío Gerardo.—*(Tranquilo.)* Sí. Terrible.

Tía Carolina.—Pero nosotros ya nos hemos acostumbrado. *(Hay un corto silencio. Al Comprador parece haberle hecho mucho efecto todo aquello.)* Comprenderá usted ahora por qué me he vestido hoy de lady Agatha Bresford y otros días de contralto de ópera o de espía internacional...

Tío Gerardo.—... o de estudiantina portuguesa...

Tía Carolina.—*(Aclarando.)* Los jueves. Son personajes que saco de las novelas.

Tío Gerardo.—Y se explicará por qué yo vendo antigüedades, colecciono pastas para sopa y tengo seis fusiles de pesca submarina...

El Comprador.—*(Despistado.)* Pues, la verdad, no relaciono...[97]

Tío Gerardo.—*(Al Comprador.)* ¿No sabe usted lo que son los complejos?

Tía Carolina.—*(Explicándole.)* Sí, hombre; lo que en nuestra época se llamaba estar como una regadera... *(A Tío Gerardo.)* Explícaselo tú, que cuentas mejor el principio. Ya te interrumpiré yo...

Tío Gerardo.—¿Dónde siempre?[98]

Tía Carolina.—Poco más o menos...

Tío Gerardo.—*(Disponiéndose a contar.)* Pues verá usted... *(Ofreciéndole.)* ¿Otra galleta?

El Comprador.—*(Interesado.)* No, no. Hable.

Tía Carolina.—*(A Tío Gerardo.)* ¡Déjate de galletas ahora, cuando vas a contar un drama! *(Al Comprador.)* Porque es un drama tremendo. *(A Tío Gerardo.)* Anda...

Tío Gerardo.—Cuando nuestra sobrina tenía cinco años...

Tía Carolina.—¿Ya no empiezas con lo de que era una hermosa mañana de primavera?

---

[97] no relaciono... *I don't see the connection* ...
[98] ¿Donde siempre? *The usual place?*

Acto primero 39

Tío Gerardo.—No. He notado que gustaba poco.
Tía Carolina.—Pues a mí...
Tío Gerardo.—*(Al Comprador.)* A los cinco años, como iba diciendo, nuestra sobrina perdió a su padre...
Tía Carolina.—De resultas de un naufragio.
Tío Gerardo.—Tres meses después nos llamó su madre a Bilbao, urgentemente. Cuando llegamos, nos encontramos a la pobre Sofía en la cama...
El Comprador.—¿Gravemente enferma?
Tía Carolina.—Gravemente muerta.
El Comprador.—¡Ah! Lo siento.
Tía Carolina.—Gracias.
Tío Gerardo.—La pobre criatura quedó huérfana y desamparada...
El Comprador.—*(Creyendo adivinar.)* Y en la mayor miseria...
Tío Gerardo.—Hombre, no tanto... Heredaba ocho millones de pesetas...
Tía Carolina.—De las de entonces...[99]
Tío Gerardo.—Alguien tenía que hacerse cargo de la niña. Todos los parientes lucharon por su tutela. Ganamos nosotros...
Tía Carolina.—...porque teníamos más dinero que los demás.
El Comprador.—¿Es que salió a subasta?[100]
Tía Carolina.—No, señor. El consejo de familia consideró que no nos guiaba ningún afán de lucro...
Tío Gerardo.—Y que, como no teníamos hijos, iría a parar a manos de Beatriz nuestra fortuna...
Tía Carolina.—Que tampoco es ninguna tontería, no crea usted...[101]
El Comprador.—Ya supongo...
Tía Carolina.—Mi marido no se dejaría ahorcar por quince millones de pesetas.
El Comprador.—*(Admirando la cifra.)* ¡Ah!
Tío Gerardo.—No tanto, mujer.

[99] De las de entonces... *Of those of the old days . . . (when the peseta was worth a lot more)*
[100] ¿Es que . . . subasta? *You mean she was put up for auction?*
[101] no crea usted... *you may well believe . . .*

Tía Carolina.—*(Al Comprador.)* Diga usted que no se lo han propuesto. Y yo tampoco fui descalza al altar...
Tío Gerardo.—La niña vivió, desde entonces, a nuestro lado.
Tía Carolina.—Nos alegró con sus risas, que eran como cascabeles de oro...
El Comprador.—*(Conmovido.)* ¡Claro!...
Tía Carolina.—*(Al Comprador.)* Le gusta, ¿verdad? *(A Tío Gerardo.)* ¿Ves tú? No sé por qué dices que la frase... A este señor, que habla inglés, están a punto de saltársele las lágrimas.
Tío Gerardo.—*(A Tía Carolina.)* No es la frase. Es la situación. *(Al Comprador.)* Le ahorro a usted el sarampión, la tos ferina...
Tía Carolina.—Las noches en vela, junto a su cunita...
Tío Gerardo.—*(A Tía Carolina.)* Cursi también. Te lo tengo dicho.
Tía Carolina.—¿No es cierto?
Tío Gerardo.—Sí, pero está muy desacreditado.
Tía Carolina.—*(Al Comprador.)* Usted, ¿qué opina?
El Comprador.—A mí, no me disgusta.
Tía Carolina.—*(Triunfante, a Tío Gerardo.)* ¿Te das cuenta? Cuando los sentimientos son verdaderos, no hay que avergonzarse de ellos. Que se avergüencen los que los utilizan con fines comerciales. A nosotros, el desvivirnos por nuestra sobrina, nos costó el dinero. La fortuna de Beatriz no la tocamos nunca, para nada.
Tío Gerardo.—*(Tratando de continuar el relato.)* Pasaron varias guerras...
Tía Carolina.—Las de siempre.
Tío Gerardo.—Y un día se nos casó...
El Comprador.—Y se fue...
Tía Carolina.—No, señor. No da usted una, ¿eh? [102]
Tío Gerardo.—¿Podíamos resignarnos a vivir sin ella?
Tía Carolina.—El piso es muy amplio. Da a la calle de atrás.
Tío Gerardo.—Vivieron aquí. Al parecer, muy felices...
Tía Carolina.—Hasta que un día...

---

[102] No da usted una, ¿eh? *You never get one (right), do you?*

Acto primero

Tío Gerardo.—El se fue a Barcelona... Dijo que volvía el lunes...

Tía Carolina.—Le falta lo de nuestras chifladuras,[103] pero no se atreve a preguntarlo. Es muy mirado este amigo tuyo... *(Entra, por la izquierda, Beatriz. Lleva un traje sastre y sombrero, como dispuesta para salir a la calle.)*

Beatriz.—Qué, ¿se divierten ustedes?

Tía Carolina.—Lo estamos pasando imponente.[104]

Beatriz.—*(A Tía Carolina, por El Comprador.)* ¿Le has contado ya lo de cuando estuviste en la India con tu marido?

Tía Carolina.—Aún no. *(El Comprador mira extrañado a Tío Gerardo. Este aclara:)*

Tío Gerardo.—Lord Bresford, en el segundo de Lanceros Bengalíes.[105]

El Comprador.—*(Comprendiendo.)* ¡Ah, sí! Los de las películas.

Tía Carolina.—*(A Beatriz.)* ¿Vas a salir?

Beatriz.—No creo. ¿Por qué?

Tía Carolina.—Por nada, hijita.

El Comprador.—*(A Tío Gerardo, en voz baja.)* ¿No se ha puesto un sombrero?

Tío Gerardo.—Sí. Hoy está muy sensata. Otros días se pone otra cosa cualquiera.

Beatriz.—*(A Tía Carolina.)* ¿No me ha llamado Julia?

Tía Carolina.—Sí, hace un momento.

Beatriz.—¿Ha dicho que me esperaba para tomar el aperitivo?

Tía Carolina.—Eso mismo.

Beatriz.—¿Donde siempre?

Tía Carolina.—Sí, allí.

Beatriz.—¡Ah! Pues me voy. Si tardo, se pone furiosa. ¿Te traigo algún postre?

Tía Carolina.—No; ya he pedido yo...

Beatriz.—¿Unos tocinos de cielo?[106]

---

[103] Le falta . . . chifladuras *He's missing the part about our own manias*
[104] Lo estamos pasando imponente *We're having a fabulous time*
[105] el segundo de Lanceros Bengalíes *second regiment of the Bengal Lancers*
[106] tocinos de cielo *confection of eggs and syrup*

Tía Carolina.—No, no.

Beatriz.—*(Al Comprador.)* ¿Le gustan a usted?

El Comprador.—*(Cohibido.)* Sí; pero por mí que no vaya usted a...[107]

Beatriz.—¡No, si me encanta! Hasta luego.

El Comprador.—*(Muy amable.)* Adiós. *(Sale Beatriz por el fondo izquierda. Los tres quedan un instante en silencio.)*

Tío Gerardo.—*(Al Comprador.)* Julia no ha llamado. Usted es testigo.

El Comprador.—Sí, señor.

Tía Carolina.—Pero yo le dije que sí, porque...

Tío Gerardo.—No sabemos si fue la impresión o qué...[108] El caso es que empezó a dar en unas manías extrañas...

Tía Carolina.—La primera, la de volver a esperar a Eugenio todos los días, como si tal cosa.[109] A nosotros se nos partía el alma. *(A Tío Gerardo.)* Se nos partía el alma, aunque me tengas terminantemente prohibido que lo diga.

Tío Gerardo.—No nos atrevimos a sacarla de su error.

Tía Carolina.—Aparte de que no hubiera servido de nada.

Tío Gerardo.—Decidimos seguirle la corriente en esa manía y en otras...

Tía Carolina.—¡Cada una era una espina que se nos clavaba en el corazón!

Tío Gerardo.—*(Terminante, a su mujer.)* No vuelves a oír un serial de radio. *(Al Comprador.)* Y nos pareció que lo mejor sería que comenzásemos nosotros a hacer también insensateces.

Tía Carolina.—Si ella era feliz con sus extravagancias, lo mejor era seguirle la corriente.

Tío Gerardo.—Así se sentiría más acompañada.

El Comprador.—*(Serio.)* Comprendo.

Tía Carolina.—¡Vaya, hombre!

Tío Gerardo.—No nos costó mucho trabajo hacernos los despistados.[110]

---

[107] que no vaya usted a... *don't go to any trouble* . . .

[108] No sabemos . . . o qué... *We don't know if it was the mental shock or what* . . .

[109] como si tal cosa *as if nothing had happened*

[110] No nos costó . . . despistados. *It didn't take much effort for us to run off the track.*

Acto primero

Tía Carolina.—Quizá, porque tuviésemos ya cierta disposición...

Tío Gerardo.—Crea usted que en el fondo resulta mucho más sencillo hacer todo lo que se le ocurre a uno que dejar de hacerlo, tantas veces...

Tía Carolina.—La gente empezó a darnos un poco de lado.[111]

Tío Gerardo.—Pero a nosotros no nos importaba gran cosa la gente...

Tía Carolina.—*(Sencillamente.)* Nos importaba ella.

Tío Gerardo.—*(A Tía Carolina.)* Ese es el tono. Así. *(Al Comprador.)* Casi no nos visita nadie.

El Comprador.—Bueno; pero con los demás no tenían ustedes que fingir...

Tío Gerardo.—Mire usted: es muy difícil tener dos vidas, ir y volver, perder el juicio y frenar después para empezar de nuevo...

Tía Carolina.—Cuando se elige un camino como éste, hay que seguirle resueltamente, con todas sus consecuencias...

Tío Gerardo.—Con todos sus inconvenientes.

Tía Carolina.—Y con sus indudables ventajas. Lo pasamos muy bien.

Tío Gerardo.—Eso sí. *(Al Comprador.)* No saben ustedes lo que se pierden. *(Entra Beatriz, apresuradamente, por el fondo izquierda.)*

Tía Carolina.—*(Al verla.)* ¿Ya?

Beatriz.—*(Radiante.)* ¿A que no sabéis[112] a quién me he encontrado abajo, en la acera?

Tío Gerardo.—¿A quién?

Beatriz.—¡A ver si lo adivináis!

Tío Gerardo.—*(Tranquilo.)* Bueno. *(Al Comprador.)* ¿Quiere usted jugar también? *(A Beatriz.)* ¿Europeo?

Beatriz.—No seas tonto, tío... *(A Tía Carolina.)* ¿A que tú sí lo sabes?[113]

Tía Carolina.—*(Temiendo lo peor. Seria.)* Pues... no sé...

---

[111] darnos un poco de lado *to avoid us*
[112] ¿A que no sabéis *I'll bet you don't know*
[113] ¿A que ... sabes? *I'll bet you know.*

BEATRIZ.—¡Sí lo sabes! Te lo leo en los ojos. Está cerrando el coche. ¡Yo que había ido a Barajas a esperarle hoy!

TÍO GERARDO.—*(Al Comprador.)* ¡Hoy!

BEATRIZ.—¡Y resulta que, sin decirme nada, se ha venido por carretera!... *(Los otros no saben qué decir.)* Sí, sí. ¡Eugenio!

TÍO GERARDO.—*(Alarmado.)* ¿Eugenio?

BEATRIZ.—¡Ya me extrañaba a mí que no llegara el día que dijo! ¡Con lo puntual que es! Está ahí, en el vestíbulo. Voy a buscarle... *(Sale por el fondo izquierda. Tía Carolina y Tío Gerardo se miran estupefactos. El Comprador está interesadísimo.)*

TÍO GERARDO.—*(Atónito.)* ¡Eugenio!

TÍA CAROLINA.—*(Decidida.)* ¡Me va a oír!

TÍO GERARDO.—*(Calmándola.)* ¡No, mujer! De momento, nada. Dijo que llegaba hoy, y aquí está.

TÍA CAROLINA.—¿Como si tal cosa?[114]

TÍO GERARDO.—Nosotros no sabemos nada. *(Al Comprador.)* ¿No es lo prudente?

EL COMPRADOR.—*(Sincero.)* Yo creo que sí.

TÍA CAROLINA.—*(Nerviosa.)* ¡Claro! ¡Usted está como en el cine!... *(Entra, por el fondo izquierdo, Beatriz trayendo de la mano a Villalba. Villalba es un hombre de cerca de los cincuenta años. Viste bien. Trae un abrigo de entretiempo al brazo y un sombrero en la mano. Llega bastante cohibido.)*

BEATRIZ.—*(Alegremente.)* ¡Aquí lo tenéis! *(Hay un silencio mortal. Tía Carolina y Tío Gerardo miran a Villalba, más sorprendidos.)* Bueno, ¿no nos decís nada? *(A Villalba.)* Saluda a lady Agatha...

VILLALBA.—*(Sin comprender.)* ¿Lady Agatha?

BEATRIZ.—Es verdad que no sabes que está un poco...

TÍA CAROLINA.—*(Nerviosa.)* ¿Yo?

BEATRIZ.—*(A Tía Carolina.)* ¡Vamos, ni que estuvieses viendo un aparecido!...[115] *(A Villalba quitándole de las manos el sombrero y el abrigo.)* Trae, hombre... ¡Abrázala! *(Villalba, obligado por Beatriz, abraza a Tía Carolina, que le acepta el abrazo friamente.)*

---

[114] ¿Como si tal cosa? *Just like that?*
[115] ni que ... aparecido! *You act as if you were seeing a ghost!*

Acto primero 45

El Comprador.—*(En voz baja, a Tío Gerardo, por Tía Carolina.)* Me parece que exagera la nota de la frialdad.
Tío Gerardo.—*(Nervioso.)* ¿Se quiere usted callar? [116]
El Comprador.—*(Encogido, justificándose.)* Yo...
Beatriz.—Y ahora, a tío Gerardo. *(Villalba mira a Tío Gerardo y al Comprador y duda. Tío Gerardo resuelve la situación y avanza hacia Villalba.)*
Tío Gerardo.—¿Cómo estás, hijo? *(Le abraza.)*
Villalba.—Muy bien, ¿y usted?
Beatriz.—¡Usted! ¡Usted! ¡Ni que hiciera diez años que no os veis!
Villalba.—*(A Tío Gerardo.)* ¡Es verdad! ¿Cómo estás?
Tío Gerardo.—Mal, como siempre, que es lo cómodo.
Beatriz.—*(Por El Comprador.)* Abraza también al señor de esta mañana.
El Comprador.—*(Tímidamente.)* Por mí, no se moleste.
Beatriz.—¿Cómo que no? [117] Usted ya es casi de la familia.
El Comprador.—Bueno; ¿qué tal, muchacho? *(Le abraza.)*
Villalba.—Muy bien.
El Comprador.—¿Buen tiempo [118] en Barcelona?
Villalba.—*(Extrañado.)* ¿En Barcelona?
Beatriz.—Sí, hombre, en Barcelona. Es lo que se pregunta. Y se contesta siempre que mejor que aquí, aunque un poco más húmedo... Bueno, voy a ver si está lista tu habitación. Querrás arreglarte un poco antes de comer...
Villalba.—*(Indeciso.)* Pues...
Beatriz.—¿Te quieres duchar?
Tía Carolina.—*(Vivamente.)* ¡No! ¡Eso, ya...!
Beatriz.—¡Tía, se ha pasado la noche en la carretera!
Tía Carolina.—*(Enérgica.)* ¡Aun así!...[119]
Tío Gerardo.—*(Interviniendo, a Tía Carolina.)* ¿Por qué no, mujer?
Beatriz.—Está todo dispuesto; pero, por si acaso... *(Sale por la izquierda. Los cuatro personajes quedan mirándose un ins-*

---

[116] ¿Se quiere usted callar? *Will you be quiet?*
[117] ¿Cómo que no? *Why not?*
[118] Buen tiempo *Good weather*
[119] ¡Aun así! *Even if he has!*

tante. Tía Carolina no puede más y rompe el silencio con un grito acusador.)

Tía Carolina.—*(A Villalba.)* ¡Usted no es Eugenio!

Villalba.—*(Sencillamente.)* No, señora.

El Comprador.—*(Sorprendidísimo, a Tío Gerardo.)* ¡Ah! ¿No es Eugenio?

Tío Gerardo.—*(Exasperado, al Comprador.)* ¿Se quiere usted callar? *(A Villalba.)* ¿Quién es usted?

Villalba.—*(Que ha recobrado su calma.)* Germán Villalba, arquitecto, para servir a ustedes. *(A Tío Gerardo.)* ¿No ha visto usted ese bloque nuevo de la calle de Serrano?...

Tío Gerardo.—*(Sorprendido.)* ¡Ah! ¿Lo está haciendo usted?

Tía Carolina.—*(Nerviosísima.)* ¡Gerardo! No nos interesan nada esas casas que sólo pueden pagar los americanos. *(A Villalba, adivinando.)* ¡Usted es el de Barajas!

Villalba.—*(Extrañado.)* ¿El de Barajas? *(Comprendiendo.)* Pues sí.

Tío Gerardo.—¿Qué hace usted aquí?

Villalba.—Pues, si debo decir la verdad, no sé... Yo estaba abajo, junto a mi coche...

Tía Carolina.—*(Acusadora.)* ¡Porque la siguió usted! ¡No lo niegue!

Villalba.—*(Tranquilo.)* No lo niego.

Tía Carolina.—*(En su mismo tono.)* ¡Y esperaba usted abajo por si [120] salía de nuevo!

Villalba.—Eso es ya una cuestión particular.

Tía Carolina.—*(Furiosa.)* ¡Y tan particular! *(A Tío Gerardo.)* ¿Tú oyes?

Tío Gerardo.—*(Más tranquilo).* Ella le ha tomado a usted por su marido.

Villalba.—¡Ah! No sabía...

El Comprador.—Pero ¿tanto se le parece? [121]

Tía Carolina.—*(Indignada.)* ¡No se le parece en nada!

Tío Gerardo.—Y usted ha subido...

---

[120] por si *in case*
[121] ¿tanto se le parece? *does he resemble him so much?*

Acto primero

VILLALBA.—Ella me ha hecho subir. No podía negarme.
TÍA CAROLINA.—¡No quería usted negarse!
VILLALBA.—Tampoco.
TÍO GERARDO.—¡Y se atreve usted a presentarse ante nosotros!
VILLALBA.—Yo no esperaba encontrarles a ustedes...
TÍA CAROLINA.—*(Escandalizada, a Tío Gerardo.)* ¿Tú oyes? ¡Es un cínico, además!
VILLALBA.—Además ¿de qué?
TÍA CAROLINA.—¡Además de no ser Eugenio!
VILLALBA.—Yo no tengo la culpa.
VOZ DE BEATRIZ.—*(Dentro.)* ¡Eugenio, ya tienes preparado el cuarto de baño!
VILLALBA.—¡Voy! [122]
TÍA CAROLINA.—*(Abrumada, casi suplicante.)* ¡No se va usted a duchar!
VILLALBA.—¿Por qué no?
TÍA CAROLINA.—*(A Tío Gerardo.)* No te importa nada que coja frío este arquitecto. *(A Villalba.)* El cuarto de baño es de los dos... Y tiene una puerta que comunica con el dormitorio de ella...
VILLALBA.—*(Sin perder su calma.)* ¡Ah!
TÍO GERARDO.—¡Si es usted un caballero...!
EL COMPRADOR.—*(Uniéndose a la súplica.)* ¡Ya que no es usted Eugenio!... *(Aparece Beatriz en la puerta de la izquierda, sin sombrero y con una toalla en la mano.)*
BEATRIZ.—*(A Villalba.)* ¿No vienes, hombre?
VILLALBA.—*(Decidido, yendo hacia ella.)* Sí.
TÍA CAROLINA.—*(Angustiada.)* ¡Cierre usted la puerta!... ¡Con llave!
BEATRIZ.—*(A Villalba.)* ¡Qué tontería! *(A Tía Carolina.)* Lady Agatha, las inglesas son ustedes demasiado puritanas... *(A Villalba.)* No le hagas caso. ¡Como si no lleváramos un año de casados! [123] *(Se lleva a Villalba, de un brazo, por la izquierda, mientras cae el telón.)*

TELÓN

[122] ¡Voy! *I'm coming!*
[123] ¡Como si... casados! *As if we hadn't been married a whole year!*

Acto segundo

En el mismo lugar que el acto anterior, el día siguiente, por la mañana. Al levantarse el telón está en escena CARMEN, terminando de limpiar, en traje de faena.

Aparece por la derecha EL COMPRADOR. Trae puesta una bata de lana y tiene en la mano un periódico.

CARMEN.—Buenos días, señor.
EL COMPRADOR.—¡Hola! Buenos días. (*Se dirige a una de las butacas del tresillo, se sienta, abre el periódico y lee. Carmen termina su tarea y sale por el fondo derecha. A los pocos instantes entra por la izquierda Tío Gerardo. Viste un traje cualquiera, sin el batín del primer acto. Trae en las manos unas cuantas cajas pequeñas.)*
TÍO GERARDO.—Aquí tiene usted... (*Va dejando las cajitas sobre la mesa.*) Las hay eléctricas y de las de tracción animal,[1] y una que no sé cómo se maneja. Usted, ¿con cuál se afeita?
EL COMPRADOR.—Yo me afeito con navaja.
TÍO GERARDO.—(*Desconsolado.*) Pues navaja no puedo servirle. Aquí estamos mecanizados. (*Lamentándolo sinceramente.*) Pero, hombre, ¿a quién se le ocurre?[2] Es como si me pidiera usted un quinqué de petróleo, o cerillas, o un reloj de arena...
EL COMPRADOR.—Deje usted, probaré cualquiera de éstas.
TÍO GERARDO.—Se va usted a cortar, si no tiene costumbre... Ya habrá visto en su cuarto de baño una loción, para después. Cada frasco de medio litro contiene, concentrado, un pino del Canadá. De la pasta dentífrica, fluorescente, no creo que haya usted tenido queja. Se le puede ver reír en la oscuridad.

[1] Las hay . . . animal *There are some that are electric and some that run by animal traction (by hand)*
[2] ¿a quién se le ocurre? *Who would have thought of it?*

Acto segundo 49

EL COMPRADOR.—Reír, ¿de qué?
TÍO GERARDO.—De lo que sea. No lo dice el prospecto. Y el cepillo de dientes es radiactivo. No tiene más inconveniente que el de que para el reloj de pulsera.[3] Por eso, yo uso éste, suizo. Funciona con el movimiento del brazo.
EL COMPRADOR.—Tendrá usted que hacer flexiones[4] para que marche.
TÍO GERARDO.—Yo hago flexiones todos los días para conservarme viejo. *(Entra, por el fondo derecha, Tía Carolina. Viste un traje de mañana. Aún no se ha disfrazado de nada.)*
TÍA CAROLINA.—Muy buenos días. ¡Por Dios, no se levante! *(El Comprador va a sentarse.)*
TÍO GERARDO.—Sí; levántese usted, que veamos cómo le cae la bata.[5] *(El Comprador, un poco azorado, se pone en pie.)* A ver... Dé usted la vuelta... *(El Comprador, cohibido, obedece. Consultando con Tía Carolina.)* Muy bien, ¿verdad?
TÍA CAROLINA.—Como que[6] no sé por qué no te la has querido poner nunca. Es preciosa.
TÍO GERARDO.—Es que al género de belleza de este señor le va mejor.
TÍA CAROLINA.—Y es una lana estupenda. La compré en...
EL COMPRADOR.—¿En Australia?
TÍA CAROLINA.—...en Barcelona.
TÍO GERARDO.—No vaya usted a creer...[7] Nosotros, cuando los productos nacionales son buenos, los adquirimos con gritos de júbilo. En esta casa, por ejemplo, las banderillas[8] son de artesanía española...
TÍA CAROLINA.—Las usamos poco, pero no fallan... Y el jugo de naranja que se ha tomado usted al despertar...
EL COMPRADOR.—¡Excelente!

---

[3] No tiene . . . pulsera. *It's only drawback is that it stops your wristwatch.*
[4] hacer flexiones *do exercises (touch your toes)*
[5] que veamos . . . bata *so that we can see how the robe suits you*
[6] Como que *Well*
[7] No vaya usted a creer... *You may be sure . . . (Don't think otherwise)*
[8] banderillas *Decorated darts used in a bullfight. (In the manufacture of bullfight implements Spain naturally has little foreign competition.)*

Acto segundo

Tía Carolina.—Pues ya ve usted, de Valencia... También compramos allí las tracas...
El Comprador.—Era buenísimo.
Tío Gerardo.—Hecho con un Turmix. En unos segundos, la naranja entera... Con su cáscara, y sus pepitas, y el papel de seda en que viene envuelta. No se pierde ni una vitamina C.
Tía Carolina.—Ahora pueden ustedes pasar a desayunar. Lo que usted prefiera... Café, té, chocolate...
Tío Gerardo.—¿O desayuna usted de tenedor? [9]
El Comprador.—No, no. Un poco de té...
Tía Carolina.—¿Pan tostado y mantequilla?
El Comprador.—Bueno.
Tía Carolina.—La mantequilla es garantizada.
Tío Gerardo.—Hecha en casa.
Tía Carolina.—Luego le pasaremos a que vea la vaca.[10] Me la trajeron los Reyes Magos [11] hace dos años...
El Comprador.—(*Tímidamente.*) Yo quisiera telefonear a mi casa para que sepan que estoy bien. ¡Como anoche se empeñaron ustedes...!
Tía Carolina.—No le íbamos a dejar salir tan tarde...
Tío Gerardo.—Y con este tiempo tan mudable...
El Comprador.—Yo vivo cerca...
Tío Gerardo.—Precisamente. Un primo nuestro se murió de eso.
El Comprador.—¿De vivir cerca?
Tía Carolina.—Sí, señor.
Tío Gerardo.—Con eso de vivir pocas calles más arriba,[12] no esperó el autobús ni tomó un taxi...
Tía Carolina.—Y echó a andar, tan confiado...
Tío Gerardo.—En la segunda esquina le estaba esperando una pulmonía...
Tía Carolina.—Dos. Hubiera sido un cargo de conciencia

---

[9] de tenedor *with a fork (i.e. a full breakfast rather than the continental type of coffee and rolls)*
[10] le pasaremos . . . vaca *we'll take him out to see the cow*
[11] los Reyes Magos *the Three Wise Men (who bring Christmas gifts in Spain)*
[12] Con eso . . . arriba *Since he lived only a few blocks up the street*

Acto segundo 51

dejarle salir después del favor tan grande que nos hizo usted ayer...
El Comprador.—*(Modesto.)* No tiene importancia...
Tío Gerardo.—¿Cómo que no? Su idea fue magnífica y lo resolvió todo...
Tía Carolina.—Al menos, de momento...
Tío Gerardo.—¡Y qué valor el suyo al atreverse a entrar en el cuarto de baño mientras se duchaba ese hombre!...
Tía Carolina.—¡Expuesto a que le hubiera salpicado!
Tío Gerardo.—¡Y su elocuencia para que aceptase la fórmula conciliatoria!
El Comprador.—*(Abrumado por los elogios.)* No hice más que cumplir con mi deber... *(Tímidamente.)* ¿Puedo telefonear?
Tía Carolina.—¡No faltaba más! [13] *(El Comprador se dirige al teléfono.)*
Tío Gerardo.—¿Podemos quedarnos a escuchar?
El Comprador.—*(Volviéndose, sorprendido.)* Sí, claro... Están ustedes en su casa...
Tío Gerardo.—Por eso...
Tía Carolina.—¡Oímos tan pocas conversaciones que no nos interesan! *(El Comprador toma el teléfono. Marca un número. Espera un instante.)*
El Comprador.—*(Al teléfono.)* ¡Oiga! ¿Está la señora? Dígale que se ponga, haga el favor...[14] Sí, sí... *(Espera un instante.)* ¡Hola, Matilde!... ¿Qué tal desde anoche?... ¿Habéis dormido bien? ¿Yo? ¡Magníficamente!... ¿Y los chicos? Me alegro... ¿Quién le hizo a Pablo anoche los problemas? ¡Ah! ¿La cocinera? Bueno, porque ya sabes que en Industriales [15] aprietan mucho... Y Juanita, ¿ha dado ya la lección de piano?... ¿Ninguna novedad? ¿Alguna carta?... Sí, creo que sí... Esta tarde, supongo. No, no he desayunado todavía... Un jugo de naranja. No, descuida. No me salgo del plan...[16] Si no puedo, avisaré para que me mandéis una muda... No, no tengas cuidado. Besos a los chicos... Adiós...

---
[13] ¡No faltaba más! *Why of course!*
[14] ¿Está la señora? Dígale . . . favor... *Is my wife at home? Have her come to the phone, please . . .*
[15] Industriales=Escuela de Ingenieros Industriales
[16] No me salgo del plan *I'm staying on the diet*

Otro para ti. Adiós. *(Cuelga. Tía Carolina y Tío Gerardo han estado pendientes de la conversación, cambiando alguna mirada.)* Era mi mujer...
    TÍA CAROLINA.—Parece muy simpática...
    EL COMPRADOR.—¿La ha oído usted?
    TÍA CAROLINA.—No; pero ¡por lo que usted decía!...
    TÍO GERARDO.—Bueno, ¿desayunamos?
    TÍA CAROLINA.—Cuando ustedes quieran.
    TÍO GERARDO.—*(Al Comprador.)* ¿Vamos? *(Le indica la puerta de la derecha. Se dirige a ella cuando aparece Beatriz en la puerta de la izquierda. Lleva un vestido de mañana muy elegante, como siempre. Repitiendo el juego de no ver a los otros personajes, se dirige resueltamente al teléfono. Lo toma, marca un número y espera. El Comprador se detiene al ver que Tío Gerardo no le sigue. Mira al matrimonio. Tío Gerardo le hace señas de que espere.)*
    TÍA CAROLINA.—Vamos a oír el parte...[17]
    BEATRIZ.—*(Al teléfono.)* ¡Hola, Julia, encanto!... ¿Cómo estás? No pude ir a tomar el aperitivo contigo porque se presentó de pronto Eugenio... Cuando menos lo esperaba... Sí. Se había venido por carretera... Muy bien, sí. Pero ¿no sabes qué mala pata?[18] Se tuvo que ir, después de almorzar, a Arenas de San Pedro[19] a un negocio urgente de maderas... El no se acordaba, pero se lo recordó un señor que tenemos aquí de visita desde ayer... Los tíos pusieron mucho empeño en que no dejara de las manos un asunto tan importante. Ya sabes lo interesados que son... ¿Eugenio? ¡Figúrate! No tenía ninguna gana de irse.[20] ¡Date cuenta! ¡Ocho días separado de mí! Los primeros en un año de casados... ¿Qué querías que hiciese, si era un negocio de maderas? Sí. Ya te digo. Se fue por la tarde. *(Tía Carolina y Tío Gerardo se miran, satisfechos.)* Pero vuelve hoy. *(Los Tíos y el Comprador se miran sorprendidísimos.)* Sí. Me llamó anoche. A la una y media. Sí, supongo que sería el mismo Arenas

[17] el parte   *the telephone conversation*
[18] qué mala pata   *what an annoyance*
[19] Arenas de San Pedro   *a quiet city in the south of the province of Avila*
[20] No tenía ... irse   *He didn't have the slightest desire to go*

Acto segundo 53

de San Pedro, porque se oían voces y una orquesta, y cantaba Josefina Báker...²¹ Pues, hija, lo de siempre. Que no puede vivir sin mí. Me lo explico... ¡Pobre! Y que en cuanto no²² comprara los pinos, se volvía para acá. Yo le he dicho que no los compre. ¿Dónde íbamos a meter en casa seiscientas toneladas de madera con el cuarto de huéspedes ocupado? Y que no le invente ese señor más negocios fuera del Gran Madrid, porque no le dejo salir. (*Los Tíos y el Comprador se miran nuevamente, consternados.*) Sí, guapa; desde que ha vuelto de Barcelona, soy más feliz que nunca. Estos ocho días me han parecido diez años... ¿Quién?... ¿Qué hombre? ¿Te he dicho yo que me había seguido ningún hombre? No, hija. Te habrás confundido... Habrá sido María Victoria, que tiene esa manía... A mí no me ha seguido nunca ningún hombre, desde aquel sátiro, cuando iba al colegio... Y para mí no hay más hombre que Eugenio. Ni habrá, nunca más, otro... La felicidad no se encuentra más que una vez en la vida... ¿Que en qué noto que es la felicidad?²³ Pues en que me daría igual que no fuese mi marido.²⁴ Que fuera el tuyo, por ejemplo... Bueno, mujer; el tuyo, no. No me ha gustado nunca. El de cualquier otra amiga... ¡Ya ves si es suerte que me guste con locura un hombre y dé la casualidad de que ²⁵ estoy casada con él!... No, hija; ya ni en las novelas pasa eso. Si terminan bien, no les dan el Premio Nadal...²⁶ Lo que oyes. Sin él, me moriría o haría cualquier locura... Porque, aunque las locuras no vayan con mi manera de ser, hubiera sido capaz de una muy gorda...²⁷ Bueno, te dejo... Estoy impacientísima. No sé a qué hora es cos-

---

²¹ Josefina Báker *American Negro entertainer who spent most of her professional life in Paris. The presence of Josephine Baker in Arenas de San Pedro is even more unlikely than the existence of a fashionable night club there, but Beatriz appears to be unconcerned about the improbability of it all.*
²² no *omit in English*
²³ ¿Que en qué ... felicidad? *You ask how I know it's happiness?*
²⁴ Pues en que ... marido. *Well, from the fact that it would be all the same to me if he weren't my husband.*
²⁵ dé la casualidad de que *it just happens that*
²⁶ Premio Nadal *A literary award for outstanding novels. The winners have been notably somber in content.*
²⁷ una muy gorda... *a very spectacular kind of madness . . . (She is referring obliquely to her own feigned madness.)*

54   Acto segundo

tumbre llegar de Arenas de San Pedro... Adiós, Julia, ¿eh?...
Luego te llamaré... *(Cuelga. Se vuelve hacia Tía Carolina, Tío Gerardo y El Comprador.)* ¡Ah! ¡Hola, buenos días! *(Al Comprador.)* ¿Ha descansado usted?
EL COMPRADOR.—Sí, señora.
BEATRIZ.—¿Le estaba bien el pijama de Eugenio?
EL COMPRADOR.—Muy bien.
BEATRIZ.—No habrá pasado usted frío...[28]
EL COMPRADOR.—¡Ni mucho menos![29]
BEATRIZ.—*(Como echándoselo en cara.)*[30] ¡Y el pobrecito mío, tan cerca de Gredos!...[31] ¡Para que le saliera una cabra hispánica y...! He hablado con la modista para decirle que no puedo ir esta mañana. ¡Como estoy esperando a Eugenio!
TÍA CAROLINA.—*(Recelosa.)* ¿Pero va a volver hoy?
BEATRIZ.—¡Pues claro! No se va a pasar la vida por ahí, haciendo el tonto. Tengo que prepararle un cuarto en casa para que trabaje a mi lado.
TÍA CAROLINA.—¿Eugenio?
BEATRIZ.—¡Ah! ¿No sabéis? Me ha querido dar una sorpresa...
TÍO GERARDO.—¿Otra?
BEATRIZ.—Se ha hecho arquitecto en estos ocho días que ha estado en Barcelona...
EL COMPRADOR.—¿En ocho días?
BEATRIZ.—¡Usted no le conoce! ¡Es listísimo! Y como no ha salido del hotel por las noches... Ya era muy mañoso. *(A Tío Gerardo.)* ¿Te acuerdas de cuando arregló la puerta del «office», que se atrancaba? Todavía éramos novios, y eso fue lo que te decidió a dar el consentimiento...
TÍO GERARDO.—¿Y dónde has pensado hacerle sitio?[32]
BEATRIZ.—En tu despacho.
TÍO GERARDO.—*(Alarmadísimo.)* ¿En mi despacho?
BEATRIZ.—Sí. ¡Quitando todo lo que estorba!

[28] No habrá...frió...   *You didn't get cold ...*
[29] ¡Ni mucho menos!   *Far from it!*
[30] Como echándoselo en cara   *As if reproaching him*
[31] Gredos   *Mountain range west of Madrid*
[32] hacerle sitio   *to make room for him*

Acto segundo 55

Tío Gerardo.—*(Indignado.)* ¡No estorba nada!
Tía Carolina.—*(Interviniendo, conciliadora.)* Bueno, todavía ¡hasta que empiecen a encargarle obras!...[33]
Beatriz.—¡Huy! ¡Pero si tiene ya no sé cuántas![34] Se han debido de enterar, y en seguida... ¡Hasta un cine!... Podremos entrar de balde. ¡Diciendo que somos la familia del arquitecto! *(Al Comprador.)* El día que usted quiera, ya sabe...
El Comprador.—*(Poco animado.)* Yo, si hay que ponerse gafas...[35]
Beatriz.—*(A Tío Gerardo.)* Unas cosas, al gabinete..., y otras, al desván. *(Ante el gesto de Tío Gerardo.)* ¡Está decidido! No quiero que se separe ni un momento de mí.
Tía Carolina.—Mujer, tendrá que ir a ver las obras...
Beatriz.—¡Iré con él!
Tía Carolina.—Te vas a poner perdida.
Tío Gerardo.—¿A las del cine también?
Beatriz.—¡Más que a ninguna! Esas estrellas de Hollywood son muy lagartas!... A lo mejor, me lo quieren engatusar...[36] Y eso, ¡que ni lo piensen![37] ¡Tendría que pasar la Metro Goldwyn por encima de mi cadáver!
Tía Carolina.—*(Asustada.)* ¡No, por Dios! ¡Esa no, que tiene un león![38]
Beatriz.—*(Abrazando a Tía Carolina.)* ¡Ay tía, qué feliz soy! ¡Como nunca!
Tía Carolina.—¿De veras, hija?
Beatriz.—Tanto, que, si vieras,[39] me da miedo... A veces pienso que pudiera no ser verdad...
Tío Gerardo.—Por eso no te preocupes.

[33] ¡hasta que ... obras! *Until he starts to get commissions!*
[34] ¡Pero si ... cuántas! *But he already has I don't know how many!*
[35] gafas El Comprador *is referring to the special glasses required for viewing 3D motion pictures that were being shown at the time the play was written.*
[36] me lo quieren engatusar *they want to get him away from me*
[37] ¡que ni lo piensen! *just let them try it!*
[38] león *the famous trademark of Metro-Goldwyn-Mayer; in the preceding speech Beatriz makes a pun on the word "Metro," which means "subway" in Spanish.*
[39] si vieras *you should have seen*

56   *Acto segundo*

Beatriz.—*(A Tía Carolina.)* ¿No te vistes hoy?
Tía Carolina.—Sí; ahora iba...
Beatriz.—¿De qué?
Tía Carolina.—Espía internacional.
Beatriz.—*(Al Comprador.)* ¡Precioso! No se lo pierda.[40] *(A Tía Carolina.)* Te lo mando todo. Y prevendré a Eugenio contra ti...
Tía Carolina.—Yo, con arrancarle un secreto pequeño...
Beatriz.—Ten cuidado, ¿eh? No le vayas a hacer daño al arrancárselo... *(Sale por la puerta de la izquierda como si tal cosa.*[41] *Los otros personajes se quedan un instante sin poder articular palabra.)*
Tía Carolina.—*(A Tío Gerardo, hecha polvo.)* ¿Te das cuenta?
Tío Gerardo.—Sí; pero ya lo has oído. ¡Es más feliz que nunca!
Tía Carolina.—También la felicidad tiene un límite. ¡Hasta ha dispuesto de tu despacho!
Tío Gerardo.—*(Emocionado.)* Mi despacho no puede ser un obstáculo.
Tía Carolina.—Pero ¿no te das cuenta de que ese hombre aquí...?
Tío Gerardo.—*(Preocupado.)* Sí, ¿Qué podríamos hacer?
El Comprador.—*(Insinuando, tímidamente.)* Tal vez, desayunar...
Tío Gerardo.—Tiene usted razón. Estos problemas es menester consultarlos con la servilleta. Vamos. *(Salen por la derecha. Tía Carolina queda en silencio unos instantes, preocupada. A poco, entra por la izquierda Emilia. Trae en las manos un sombrero pasado de moda, con velo hasta media cara; un echarpe de seda y un bolso grande para llevar colgado del hombro.)*
Emilia.—Esto para la señora, de parte de la señorita...
Tía Carolina.—*(Volviendo a la realidad.)* ¡Ah, sí! Gracias. *(Toma el bolso de manos de Emilia. Antes de colgárselo, pregunta:)* ¿Está todo dentro?

---
[40] No se lo pierda.   *Don't miss it.*
[41] como si tal cosa   *as if everything were perfectly normal*

Acto segundo 57

EMILIA.—No sé decirle a la señora...[42]
TÍA CAROLINA.—*(Abre el bolso y va sacando de él los objetos que enumera y va dejando sobre la mesa.)* La boquilla..., las claves cifradas..., el revólver..., la cámara fotográfica...
EMILIA.—*(Admirada.)* ¡Digo, tan pequeñita!...
TÍA CAROLINA.—Microfilm... para los documentos, los planos, las fórmulas... *(Busca en el bolso algo que no encuentra.)* Falta el narcótico...
EMILIA.—¿No se acuerda la señora que se acabó la semana pasada cuando la señora durmió al cartero para enterarse de un certificado que traía para el segundo [43] derecha?
TÍA CAROLINA.—*(Preocupada.)* Es verdad. No sé cómo me las voy a arreglar sin narcótico... *(Lo vuelve a guardar todo en el bolso.)* [44]
EMILIA.—¿Desea algo más la señora?
TÍA CAROLINA.—Nada, gracias. *(Emilia sale por la izquierda. Tía Carolina, sin la menor gana de disfrazarse, como quien se impone un penoso deber, toma el sombrero y se lo pone frente al espejo. Se coloca el echarpe sobre los hombros y se cuelga el bolso.* [45] *Se mira al espejo. Comprueba que todo está bien. Suspira. Entra, por el fondo izquierda, Carmen, trayendo dos maletas de buena clase, con muchas etiquetas de barcos y hoteles, pegadas. Cruza la escena para dirigirse a la puerta de la izquierda. Tía Carolina se vuelve al oírla pasar.)* ¿Dónde va usted con eso?
CARMEN.—*(Naturalmente, deteniéndose.)* Al cuarto del señorito.
TÍA CAROLINA.—¿De qué señorito?
CARMEN.—Del señorito Eugenio. Son sus maletas.
TÍA CAROLINA.—¿Quién las ha traído?
CARMEN.—El mismo. Dice que ahora sube con lo demás. *(Continúa, en dirección a la puerta de la izquierda.)*
TÍA CAROLINA.—*(Autoritaria, en un grito.)* ¡Deje usted esas maletas!
CARMEN.—*(Asustada.)* ¿Dónde?

---
[42] No sé... señora... *I wouldn't know, madam...*
[43] el segundo = el segundo piso
[44] Lo vuelve... bolso. *She puts it all back in her purse.*
[45] se cuelga el bolso *slings the bag over her shoulder*

Tía Carolina.—*(En el mismo tono.)* ¡Ahí!
Carmen.—*(Justificándose, muy apurada.)* La señorita me ha dicho que cuando llegara...
Tía Carolina.—¡No haga caso! *(Carmen no tiene más remedio que dejar las maletas en el suelo. Se da cuenta de que quedan en el paso.)*
Carmen.—Aquí van a estorbar...
Tía Carolina.—No se preocupe. Van a estar muy poco tiempo.
Carmen.—*(Obedeciendo.)* Bien, señora. *(Se vuelve hacia la puerta del fondo y se detiene al llegar, mirando hacia la izquierda.)* Aquí está el señorito... ¿Me espero por si...?[46]
Tía Carolina.—*(Con la resolución del matador que acaba de brindar el toro.)* ¡Fuera gente![47] *(Carmen, sin comprender bien, pero impresionada por el tono de Tía Carolina, espera la llegada de Villalba. Villalba llega, a cuerpo*[48] *y sin sombrero. Trae una cartera de documentos y un estuche grande de instrumental de dibujo. Bajo el brazo, un rollo largo de papel vegetal, una regla de metro y algún otro utensilio.)*
Villalba.—*(A Carmen.)* Avise a la señorita que estoy aquí.
Tía Carolina.—*(A Carmen, terminante.)* ¡No avise usted a la señorita!
Villalba.—*(Que se da cuenta entonces de la presencia de Tía Carolina, muy amable.)* ¡Ah! Buenos días, lady Agatha... Iré yo entonces... *(Se dirige resueltamente a la puerta de la izquierda.)*
Tía Carolina.—*(Secamente, a Villalba.)* Ni soy lady Agatha, ni ése es el camino... *(A Carmen, indicándole con el gesto que se marche.)* Y usted...
Carmen.—Sí, señora. *(Sale por el fondo derecha.)*
Villalba.—*(A Tía Carolina, sonriendo.)* Perdón; pero ¡como la veo así!
Tía Carolina.—*(Aclarando, sin la menor gana de broma.)* Espía internacional.

---
[46] ¿Me espero por si...? Shall I wait just in case...?
[47] ¡Fuera gente! Everybody out!
[48] a cuerpo without a coat

Acto segundo 59

Villalba.—*(Alegremente.)* ¡Ah! Deberé tener mucho cuidado con lo que digo...
Tía Carolina.—*(En tono de advertencia.)* Y mucho más cuidado con lo que hace.
Villalba.—*(Reparando en su equipaje.)* ¿Están ahí todavía mis maletas?
Tía Carolina.—Las iba a tirar por el balcón cuando ha llegado usted. No me ha dado tiempo.
Villalba.—*(Buscando donde dejar lo que trae.)* Con permiso de usted...
Tía Carolina.—No descargue, porque se va usted a marchar en seguida.
Villalba.—¿Yo? ¿A Arenas de San Pedro otra vez?
Tía Carolina.—*(Indicando la puerta de la izquierda.)* En cualquier dirección, menos en ésa.
Villalba.—¿Sin hablar con Beatriz?
Tía Carolina.—Eso, por supuesto. Ni verla siquiera.
Villalba.—¿Es deseo de ella?
Tía Carolina.—No, es deseo mío, y creo que está bastante claro...
Villalba.—Beatriz es mayor de edad, ¿no?
Tía Carolina.—En el documento de identidad, desde hace tiempo.⁴⁹ Pero en la vida, como si no lo fuera, ¿comprende usted?
Villalba.—A medias.
Tía Carolina.—*(Resuelta.)* ¿Hablamos de hombre a hombre?
Villalba.—¿De pie?
Tía Carolina.—Es mejor. ¡Como va usted a salir por las escaleras!...
Villalba.—¿Rodando?
Tía Carolina.—Si estuviéramos en la guerra del catorce, no le digo que no. Entonces todavía hacía yo deporte.⁵⁰
Villalba.—¿En qué guerra estamos ahora?
Tía Carolina.—En la de nervios.

---

⁴⁹ desde hace tiempo *for a long time*
⁵⁰ todavía hacía yo deporte *I still participated in sports*

Villalba.—*(Dispuesto a escuchar.)* Diga usted.

Tía Carolina.—Voy. *(Abre su bolso, saca la boquilla larga, se la coloca entre los dientes y sigue buscando. Saca, por fin, un cigarrillo, que coloca en la boquilla. Villalba saca de su bolsillo un encendedor y ofrece fuego a Tía Carolina.)* No se moleste. Es de plástico y está relleno de mentol. Los de verdad [51] me dan mucha tos. *(Maneja la boquilla con un gran aire de mujer fatal.)* Bueno; al asunto, que tiene usted prisa.

Villalba.—Sí, pero no por irme...

Tía Carolina.—Mire usted, caballero... Mi sobrina Beatriz no está en su sano juicio, [52] como usted o como yo... *(Juega con la boquilla, como si fumase. Villalba, al mirarla, no puede reprimir una sonrisa.)* No me mire así, porque no estoy loca... Es la fuerza del personaje.[53] No vaya a creerse, porque me vea vestida de mamarracho, que ando mal de la cabeza...

Villalba.—Yo no he dicho...

Tía Carolina.—No lo ha dicho usted porque ya se ve por esas etiquetas que ha viajado usted mucho, y eso educa... Pero yo, así o de griega antigua, estoy en mis cabales.[54] De modo que vamos a hablar claro. ¿Cuánto?

Villalba.—*(Extrañado.)* Cuánto ¿de qué? *(Tía Carolina frota el índice y el pulgar de su mano derecha, indicando dinero.)* ¿Cómo? ¿Piensa usted que yo he venido por el dinero de su sobrina?

Tía Carolina.—No. Pero sí pienso que se puede usted ir por el mío. No irá usted a decirme que no puede vivir sin Beatriz...

Villalba.—Hasta ahora, lo que, por lo visto, no puedo es vivir con ella...

Tía Carolina.—Eso es lo que estoy resuelta a impedir. Y puedo, en caso necesario, contar con refuerzos.

Villalba.—¿Está todavía el señor de ayer?

Tía Carolina.—No ha desertado nadie. Usted verá. Mi sobrina ha perdido la razón hace diez años, y alguien tiene que pensar por ella.

[51] los de verdad   *the real ones*
[52] en su sano juicio   *in her right mind*
[53] Es la fuerza del personaje   *It's the effect of the role (I'm playing)*
[54] estoy en mis cabales   *I'm in complete command of my faculties*

Acto segundo

Villalba.—¿En qué?
Tía Carolina.—En que es una mujer casada.
Villalba.—Ella no lo ha puesto en duda. Y está, además, locamente enamorada de su marido.
Tía Carolina.—Locamente. Eso es lo grave. A usted no le puede parecer bien...
Villalba.—¿Por qué no?
Tía Carolina.—Porque no es usted su marido.
Villalba.—¡Para el caso!...[55]
Tía Carolina.—¿Para qué caso?
Villalba.—Quiero decir, que mientras ella crea que soy su marido...
Tía Carolina.—Usted, en coche, ¿no?
Villalba.—Ella es la que...
Tía Carolina.—Sí. Ya sé. Lo de siempre. En los líos, los hombres se reparten ustedes la mejor parte. Pero tengan ustedes cuidado, que las mujeres sabemos ya escribir a máquina. Bueno; yo, no, pero las hay...[56] Ese amor de mi sobrina no puede hacerle a usted ninguna ilusión. No le está destinado.
Villalba.—Señora, cuando un hombre, a mi edad, se encuentra hecho un amor,[57] no se detiene a pensar si está realmente dirigido a él o no...
Tía Carolina.—Un día ella tendrá que darse cuenta de que usted no es Eugenio...
Villalba.—Ese día dejaré de ser Eugenio automáticamente... Diré que me he equivocado de piso...
Tía Carolina.—Beatriz tiene como una venda delante de los ojos que la impide ver claro...
Villalba.—Esa venda también puede ser la del amor...
Tía Carolina.—¡No sea usted cursi! ¡Se vale usted de su inconsciencia!...
Villalba.—Yo no me valgo de nada. Ella dice que soy su marido. Me limito a darle la razón.
Tía Carolina.—Será a darle la locura...[58]

---

[55] ¡Para el caso! *It amounts to the same thing!*
[56] pero las hay... *but there are some . . .*
[57] hecho un amor *an object of love*
[58] Será a darle la locura *It will be encouraging her madness*

VILLALBA.—Como usted quiera. Ni más ni menos que lo que usted hace. ¿O es que estaría usted vestida así si no fuera por...? (*Tía Carolina calla.*) ¿No están ustedes todos jugando a lo mismo?

TÍA CAROLINA.—¡No, hombre! El juego de usted es mucho más peligroso... ¡Claro, como que no va usted perdiendo nada!

VILLALBA.—¿Quién dice que no? ¿Y el día que se caiga esa venda de los ojos?

TÍA CAROLINA.—¿Usted está enamorado de Beatriz?

VILLALBA.—(*Sinceramente.*) No lo sé.

TÍA CAROLINA.—¡Ah!

VILLALBA.—No lo sé, todavía...

TÍA CAROLINA.—Para usted no es más que una aventura...

VILLALBA.—Si le dijera a usted que ayer, al subir por primera vez a esta casa, pensaba en otra cosa, mentiría... Pero después he meditado mucho...

TÍA CAROLINA.—¿Anoche?

VILLALBA.—Sí.

TÍA CAROLINA.—(*Con desprecio.*) ¿En un cabaret?

VILLALBA.—¿Me vio usted?

TÍA CAROLINA.—(*Dignamente.*) ¡Caballero!...

VILLALBA.—¿Mandó usted a su marido?

TÍA CAROLINA.—¡Yo no mando a mi marido más que, alguna mañana, al Banco Español de Crédito!

VILLALBA.—Fui porque me encontraba solo...

TÍA CAROLINA.—¡Buen sitio para buscar compañía! A lo mejor, va usted todas las noches...

VILLALBA.—Anoche podía ser la última, ¿comprende usted?

TÍA CAROLINA.—(*Resistiendo a las sinceras palabras de él.*) No. No quiero comprender. No han pasado diez años, ¡y qué diez años!, para esto. Usted no puede engañarla.

VILLALBA.—¿Quiere usted que la desengañe?

TÍA CAROLINA.—Quiero que se marche usted cuanto antes.

VILLALBA.—¿Sin temer las consecuencias? (*Tía Carolina calla.*) Ella ha creído volver a encontrar a Eugenio... ¿Y después? ¿En qué iba a dar ahora su desvarío? [59] ¿En la inocencia de ir a

---

[59] ¿En qué... desvarío? *What would her fancy lead her to next?*

Acto segundo 63

Barajas cada mañana?... *(Tía Carolina calla.)* No tendría usted disfraces bastantes. *(Hay un corto silencio, que rompe la voz de Beatriz.)*
BEATRIZ.—*(Dentro.)* ¡Eugenio!
TÍA CAROLINA.—*(Suplicante.)* ¡Por favor!...
VILLALBA.—*(Decidido.)* No. Ahora no. *(Entra Beatriz por la izquierda.)*
BEATRIZ.—¡Eugenio! ¿Cómo no has entrado a verme en seguida en cuanto has llegado de ese pueblo?
VILLALBA.—No hace un minuto...
BEATRIZ.—*(Por Tía Carolina.)* Mucho cuidado con esa mujer. Querrá robarte unos planos. Trae, que los guarde.[60] *(Quita a Villalba el rollo de papel y las reglas.)* Y esto también... Por si acaso. Ya tienes dispuesto tu estudio. *(Repara en las maletas que hay en el suelo.)* ¡Huy! ¿Qué hace aquí tu equipaje? *(Va a la puerta de la izquierda y llama.)* ¡Carmen! ¡Venga a recoger todo esto! *(Se fija en las maletas.)* ¡Cuántas etiquetas! ¿Estuvimos en tantos sitios en el viaje de novios? *(Aparece Carmen en la puerta de la izquierda.)* Carmen, lleve estas maletas al cuarto del señorito. *(A Villalba.)* ¿No hay nada más?
CARMEN.—Un baúl-maleta.
VILLALBA.—*(Explicando.)* Con unos trajes...
TÍA CAROLINA.—*(A Villalba.)* ¿Se ha traído usted la ropa de verano?
BEATRIZ.—*(A Carmen.)* Cuélguelos en el armario...
CARMEN.—Están todas las perchas ocupadas...
BEATRIZ.—Pues quite los otros trajes... *(A Villalba.)* No te los vas a poner, ¿verdad? *(A Carmen.)* Coloca usted los nuevos en su lugar.
TÍA CAROLINA.—Espera, mujer... ¿Qué prisa hay?
BEATRIZ.—¿Por qué no?
TÍA CAROLINA.—Le pueden hacer falta de momento...[61]
BEATRIZ.—En el armario se arrugan menos... *(A Carmen.)* Vaya usted. *(Por Tía Carolina.)* Y no deje acercarse a esta señora, por si pretende hacer sabotaje. *(Carmen toma las maletas y sale*

---

[60] Trae, que los guarde. *Give them to me to keep.*
[61] Le pueden ... momento *He may need them at any moment*

con ellas por la izquierda. A Villalba, por Tía Carolina.) Por algo te estaba entreteniendo aquí. Tú dile a todo que no, ¿sabes? [62] *(A Tía Carolina.)* Oiga, señora: ¿por qué no se va usted a espiar lo que hacen esos otros en el comedor tanto rato? *(Como Tía Carolina se resiste un poco, suplica.)* Anda, guapa.
TÍA CAROLINA.—*(Cediendo.)* Voy.
BEATRIZ.—*(Quitándole a Villalba de la mano la cartera y el estuche.)* Trae, que parece que estás de visita... *(Va a la mesa a dejar ambas cosas. Tía Carolina aprovecha su alejamiento para hablar en voz baja a Villalba antes de salir.)*
TÍA CAROLINA.—*(A Villalba, advirtiéndole.)* No crea usted que soy una mujer sola e indefensa, ni que nos hemos quedado atrás en la carrera de armamentos.[63] *(Sale dignamente por la derecha.)*
BEATRIZ.—¿Qué te estaba diciendo?
VILLALBA.—Nada.
BEATRIZ.—Ya lo suponía. No le hagas caso. No le hagas caso a nadie. En esta casa están todos locos, ¿sabes? Por eso tenía tantas ganas de que volvieras..., para que nos vayamos lejos tú y yo, solos... Otro viaje de novios, como el primero. *(Tiernamente.)* ¿Te acuerdas?
VILLALBA.—*(Que no puede acordarse.)* Sí.
BEATRIZ.—*(Soñadora.)* [64] ¡Los canales!...
VILLALBA.—*(Aprovechando la oportunidad.)* ¡Venecia!
BEATRIZ.—¡La nieve!...
VILLALBA.—*(Embalado.)* ¡Suiza!
BEATRIZ.—*(Corrigiéndole.)* ¡El Pirineo, hombre!...
VILLALBA.—¡Ah, sí! ¡Es verdad!
BEATRIZ.—¡La costa!...
VILLALBA.—*(A punto de decir "azul".)* A..., sí. ¡La costa!...
BEATRIZ.—No te acuerdas de nada.
VILLALBA.—Sí, mujer. Es que...
BEATRIZ.—No importa. Se vive de los recuerdos cuando no se puede vivir de verdad. Ahora todo va a ser nuevo, como si nos

[62] Tú dile . . . ¿sabes? *Say no to everything she asks, do you get my point?*
[63] la carrera de armamentos *the arms race*
[64] Soñadora *Dreamily*

Acto segundo

hubiéramos conocido ayer... Lo que importa es cada hora que empieza. Y tenemos la vida por delante. ¿A que [65] ni siquiera habías pensado en mí estos días?
    VILLALBA.—Más que pensar en ti, te había soñado...
    BEATRIZ.—Eso es mejor. También yo había soñado para no dejar de quererte, en que, siendo el mismo, me parecieras otro. Que sólo conservaras tus defectos naturales de hombre, que es para lo que debemos estar preparadas las mujeres... El mismo beso, cansa. Acaba por hacerse mecánico, ¿no te parece?
    VILLALBA.—(Dejándose ganar.[66]) Siempre tendré uno nuevo, inventado para ti...
    BEATRIZ.—No me importa que los tomes de las películas... Aunque ahora no los dejan. Yo borraré este año que hemos vivido juntos, sin abonártelo en cuenta.[67] Y te olvidaré cada noche para encontrarte limpio, recién nacido, para mí, cada mañana.
    VILLABA.—Como tú quieras.
    BEATRIZ.—¿Sabes lo que vamos a hacer?
    VILLALBA.—Di...
    BEATRIZ.—Ir en seguida a una agencia de viajes... Quiero exactamente el mismo itinerario de hace un año, para desafiar a los paisajes, a las catedrales, a los gerentes de los hoteles, a las azafatas... (Como si se encarara con todo.) ¿Os creíais que, como los otros, no íbamos a volver? ¿Que nuestro amor iba a entibiarse cuando hubiéramos escrito las últimas postales, cuando hubiéramos cambiado los últimos francos? (Como si estuviera en la recepción del hotel.) La misma habitación, si es posible, para que aprendan los espejos..., para que la camarera recuerde, al colocar la ropa por noche, de qué lado me gusta dormir, con la cabeza sobre tu corazón... La misma góndola... Tenía su punto en el Río del Palazzo... El gondolero se llamaba Scarpa. (Como si hablara con el gondolero.) ¿Ve usted como se vuelve? ¿Creía usted que, todo lo más, iba a volver un día sola, como una inglesa vieja?... Cante si quiere. No importa que la canción sea cursi. Estamos dispuestos a emocionarnos con la primera queja de amor, como

---

[65] A que *I'll bet*
[66] Dejándose ganar. *Succumbing.*
[67] sin abonártelo en cuenta *without crediting it to your account*

66   *Acto segundo*

unos tontos... *(Toma las manos de Villalba, pero sigue hablando al gondolero.)* No mire usted. Ya sabe. *(Mira a Villalba tiernamente.)* ¿Ves como hice bien al romper todas las fotografías mientras estabas fuera? Los recuerdos de las horas felices envejecen también si no se les renueva. Tú no me querrías ahora con aquel sombrero, cuya moda también parecía que iba a ser eterna. Ahora, aunque sea el mismo puente de San Luis..., aunque sea el mismo Patio de los Leones..., aunque sea la misma paloma de San Marcos la que se pose en nuestros hombros... *(Con una duda súbita.)* ¿Cuántos años viven las palomas?

VILLALBA.—Como la alondra del balcón de Verona..., como el ruiseñor de la Quinta del Guadalquivir..., como todas las aves testigos de un amor, son eternas...

BEATRIZ.—¿Dónde has leído eso?

VILLALBA.—En tus ojos.

BEATRIZ.—*(Encantada.)* Oye: ¿sabes que te ha sentado muy bien Barcelona? [68] Mientes mucho mejor que antes.

VILLALBA.—¿Crees que miento?

BEATRIZ.—No. No lo creo. Estoy segura. Pero me gusta. Desengáñate, todo lo que no sea decir «Te quiero», es amenizar la velada.[69]

VILLALBA.—¿Quieres que te lo diga?

BEATRIZ.—No, gracias. Nada entre horas. Ya te daré yo la salida. Ahora quiero que veas tu estudio. Me ha dado pena quitar el retrato de boda de tío Gerardo con la espía. No lo mires cuando estés haciendo un proyecto, porque te puede salir San Francisco el Grande.[70] Ven. *(Le toma de la mano.)* Ha quedado un poco femenino porque pienso irme allí por las tardes a hacerte un «sweater» amarillo...

VILLALBA.—*(Alarmado.)* ¿Amarillo?

BEATRIZ.—Sí, hombre; del color de la fiebre esa... *(Se lo lleva por la puerta de la izquierda. Queda la escena sola un instante. Por la derecha, asoma la cabeza Tía Carolina. Al cerciorarse de que no hay nadie, entra. Se dirige a la puerta de la izquierda,*

---

[68] te ha sentado muy bien Barcelona   *Barcelona has agreed with you*
[69] amenizar la velada   *engaging in polite talk to pass the evening*
[70] te puede salir San Francisco el Grande   *you may turn out another San Francisco el Grande (This is an elaborate church in Madrid.)*

Acto segundo

desde la que escucha. Se vuelve y, al llegar al centro de la escena, se lleva dos dedos a la boca y lanza un silbido estridente. Un momento después aparecen por la derecha, al reclamo, Tío Gerardo y El Comprador, fumando unos magníficos puros.)

Tío Gerardo.—¿No hay moros en la costa? [71]

Tía Carolina.—¡Ojalá hubiese moros! Ahora son amigos.

Tío Gerardo.—¿Dónde están?

Tía Carolina.—En las ruinas de tu despacho.

Tío Gerardo.—(Tranquilizado.) ¡Menos mal! [72]

Tía Carolina.—Sí, pero yo no estoy tranquila. (Al Comprador.) Usted tampoco, ¿verdad?

El Comprador.—(Sinceramente.) Pues la verdad, no. ¡Cuando yo le cuente a mi mujer!

Tío Gerardo.—¿Tú crees que hay peligro inminente?

Tía Carolina.—Todo puede temerse. Ya te he dicho que este arquitecto no atiende a razones.

Tío Gerardo.—No creo que se atreva a propasarse...

Tía Carolina.—¿Y ella? ¿Estamos seguros de ella?

El Comprador.—(Convencido.) Claro, claro...

Tía Carolina.—(Nerviosa, al Comprador.) ¡No diga usted que sí a todo! [73] ¡Lleve la contraria alguna vez!...

El Comprador.—¿Para qué?

Tía Carolina.—Porque eso siempre distrae... Mientras le digo a usted que usted qué sabe y que quién le da vela en este entierro, [74] me olvido un poco de... ¡No se me va el cuarto de baño de la imaginación! [75]

Tío Gerardo.—(Preocupado.) Sí. Es la zona peligrosa.

El Comprador.—(Por llevar la contraria.) No, hombre...

Tía Carolina.—(Corrigiéndose en el mismo tono. Más fuerte.) ¡Sí, hombre! ¡Pues vaya!...[76]

---

[71] ¿No hay moros en la costa? *All clear? (There are no Moors on the coast?)*

[72] ¡Menos mal! *Things could be worse!*

[73] ¡No diga . . . todo! *Don't say yes to everything!*

[74] Mientras le digo . . . entierro *While I'm asking what do you know about it and what business is it of yours*

[75] ¡No se . . . imaginación! *I can't get the bathroom out of my mind!*

[76] Pues vaya! *Come now!*

Tío Gerardo.—*(Preocupado.)* ¡Se ducha a la menor indicación!

Tía Carolina.—Debe de ser de puerto de mar. *(Pensando.)* ¡Si pudiéramos inutilizar las cañerías!

Tío Gerardo.—¿Cómo?

Tía Carolina.—*(Por El Comprador.)* Este amigo tuyo puede decir que es el fontanero y llevarse todos los grifos para arreglarlos en su casa...

El Comprador.—*(Dudando.)* Pero yo así, sin uniforme...

Tío Gerardo.—Y sin el instrumental...

El Comprador.—Y sin un niño...[77]

Tía Carolina.—El niño no sería difícil... Y las herramientas... ¿Tú no compraste una vez un manómetro?

Tío Gerardo.—Es para otra cosa.

Tía Carolina.—¡Y ella qué sabe!

El Comprador.—*(Dudando.)* ¿Cree usted que se iba a creer que yo...?

Tía Carolina.—Eso, sin duda. Lo bueno de su estado es que ahora le dice usted que es de día y no replica...

El Comprador.—Es que es de día...

Tío Gerardo.—Pero ¿y él?

Tía Carolina.—El se guardará muy bien, por la cuenta que le trae... *(Entra, por el fondo, izquierda, Emilia.)*

Emilia.—Señora...

Tía Carolina.—Diga usted.

Emilia.—*(Anunciando.)* Doña Julia.

Tío Gerardo.—*(Alarmado.)* ¿Cómo?

Tía Carolina.—¿Qué doña Julia?

Emilia.—La amiga de la señorita. *(Tía Carolina y Tío Gerardo se miran estupefactos.)*

Tía Carolina.—*(Tratando de conservar serenidad.)* Emilia, subí a los setenta duros [78] con la condición de que, viera lo que viera en esta casa, no se contagiase...

Tío Gerardo.—*(Aclarando.)* Doña Julia no existe. Es un ente de razón.

---

[77] sin un niño *without a helper*

[78] subí a los setenta duros *I raised your salary to seventy* duros *(A* duro *is five* pesetas)

Acto segundo

EMILIA.—¡Pues trae un abrigo de pieles!

Tío GERARDO.—¿Ve usted como se trata de una alucinación? ¡Un abrigo de pieles, con el día que hace!...⁷⁹

TÍA CAROLINA.—¡No seas tonto, Gerardo! Eso me hace sospechar que se trata verdaderamente de una mujer de carne y hueso...

EMILIA.—Sí, señora. Mitad y mitad.

TÍA CAROLINA.—*(A Emilia, resuelta.)* ¡Hágala pasar!

EMILIA.—Sí, señora. *(Sale Emilia por el fondo izquierda.)*

TÍA CAROLINA.—*(A los otros, decidida.)* ¡Vamos a ver!

Tío GERARDO.—Nosotros, ¿por qué? Viene a ver a Beatriz...

TÍA CAROLINA.—Es lo que vamos a ver ahora mismo. *(Al Comprador.)* ¡No vaya usted a decir que no!

EL COMPRADOR.—¿Tampoco? ¡Señora, lo pone usted todo de un difícil!...⁸⁰ *(Aparece, por el fondo izquierda, Emilia, que deja el paso a Enriqueta, una mujer que no ha cumplido los treinta años, según ella. Muy bien parecida y un poco llamativa. Trae puesto un abrigo de pieles estupendo.)*

ENRIQUETA.—*(Entrando.)* Buenos días.

TÍA CAROLINA.—Pase usted. *(Emilia sale por el fondo derecha.)*

ENRIQUETA.—*(Entrando, resueltamente.)* ¡Usted es tía Carolina! *(Tía Carolina, entre cortada y recelosa, no contesta.)*

Tío GERARDO.—*(Interviniendo, amable.)* La misma.

ENRIQUETA.—*(Volviéndose a Tío Gerardo.)* ¡Y usted, tío Gerardo!

TÍA CAROLINA.—*(Secamente.)* Sí.

ENRIQUETA.—*(Por El Comprador.)* ¿Y este señor...?

Tío GERARDO.—Un buen amigo. Todavía no sabemos cómo se llama...

TÍA CAROLINA.—Porque no nos lo ha dicho...

EL COMPRADOR.—*(Muy bien dispuesto a remediar su olvido.)* Pues...

Tío GERARDO.—*(Al Comprador.)* ¡Déjelo! ¿Qué más da?⁸¹ Por eso no vamos a reñir...

⁷⁹ con el día que hace   *on a day like this*
⁸⁰ lo pone... difícil   *you make it difficult for a person*
⁸¹ ¿Qué más da?   *What difference does it make?*

Tía Carolina.—*(Poco amable.)* Bueno, ya sabe usted quiénes somos todos. Ahora nos falta...

Tío Gerardo.—*(Tratando de suavizar.)* Desearíamos...

Tía Carolina.—Saber quién es usted...

Enriqueta.—Pues yo... soy Julia.

Tía Carolina.—*(Desconfiada, señalando.)* ¡Míreme usted este ojo!

Tío Gerardo.—*(Reconviniendo.)* ¡Carolina!

Tía Carolina.—¡Claro, hombre! Es que la gente no sé lo que se cree.

Tío Gerardo.—*(A Enriqueta, suave.)* Usted no se llama Julia...

Enriqueta.—*(Sonriendo.)* No, señor.

Tía Carolina.—¡Acabáramos! [82]

El Comprador.—*(Ingenuamente, comenta.)* Aquí nadie se llama lo que dice...

Tía Carolina.—*(Al Comprador, severa.)* ¡Usted, cállese!

Enriqueta.—Me llamo... Enriqueta.

Tío Gerardo.—¡Menos mal!

Tía Carolina.—Sale usted perdiendo.[83]

Enriqueta.—Pero me pueden ustedes llamar Julia, que es como me llama Beatriz... *(Estas palabras producen un silencio penoso.)*

Tío Gerardo.—*(Resolviendo la situación.)* ¡Siéntese, por Dios!

Enriqueta.—*(Yendo a sentarse.)* Un minuto... *(Se sienta, bien envuelta en su abrigo de pieles.)*

Tío Gerardo.—¿No se quiere quitar el abrigo? Parece que...

Enriqueta.—No, gracias.

Tía Carolina.—¿Le enchufamos un ventilador?

Tío Gerardo.—*(Interviniendo.)* Ha dicho usted que Beatriz...

Enriqueta.—Sí. Me llama todos los días por teléfono...

Tío Gerardo.—Ya. Ya sabemos...

Tía Carolina.—Pero ¿usted le responde?

Enriqueta.—Eso, no.

---

[82] ¡Acabáramos! *At long last!*
[83] Sale usted perdiendo *You get the bad end of the bargain*

Acto segundo

Tío Gerardo.—Entonces, ¿qué hace usted?
Enriqueta.—Escucho. ¿Le parece poco?
El Comprador.—¿Sin hablar?
Enriqueta.—¿Le sorprende?
El Comprador.—Pues sí... ¡Que una mujer se contente con escuchar a otra!...
Tía Carolina.—(Con recelo.) ¿Y... se ha enterado usted de...?
Enriqueta.—De todo. Ya ve que los he conocido no más entrar...[84] Y podría hacerles un plano del piso...
Tía Carolina.—Ya tenemos.
Enriqueta.—(Sonriendo.) No me extraña. ¡Con un arquitecto en casa! (Tía Carolina y Tío Gerardo se miran.)
Tía Carolina.—(Nerviosísima.) Bueno, señora; una de dos... ¡O habla usted claro o yo me tiro al suelo!...
Enriqueta.—Hablaré. Así está usted más cómoda. (Una pausa.) Un día llamaron a mi teléfono... Yo tengo siempre el teléfono a la mano para atender a la clientela.
Tía Carolina.—(Con una súbita sospecha.) ¿A qué clientela?
Enriqueta.—(Sonriendo.) Tengo un Instituto de Belleza...
Tía Carolina.—¡Ah! Perdón.
Enriqueta.—¿Por qué no va usted un día? Mañana, ¿le parece?[85]
Tía Carolina.—(Alarmada.) ¿Cree usted que es un caso desesperado, y que tiene que ser, así, a vida o muerte?
Tío Gerardo.—(Interesado.) Siga usted, por favor.
El Comprador.—Sí. No le haga caso...
Enriqueta.—Pues... descolgué..., y una voz de mujer, después de llamarme Julia, empezó a hablar y a hablar... Estuve a punto de decirle que estaba confundida de número...; pero ya había empezado a interesarme el argumento... Ni respiré siquiera... Ella hacía unas pausas pequeñas y contestaba a algo que yo no había dicho... Y la historia era apasionante... Debió de encontrar muy cómodo un número tan discreto, que no la interrumpía para nada, de donde no colgaban con violencia...

[84] no más entrar   the moment I came in
[85] Mañana, ¿le parece?   How about tomorrow?

Tía Carolina.—O con algo peor...

Enriqueta.—Volvió a llamar... y yo volví a escuchar. Así, una vez y otra, durante meses...

Tía Carolina.—¿Le parece a usted bonito?

Enriqueta.—¿Qué?

Tía Carolina.—¡Enterarse de una vida privada! No es discreto. Lo primero que debió usted pensar era que se trataba de una persona anormal...

Enriqueta.—Sí. Fue lo primero que pensé, naturalmente, porque era lo más fácil. Pero ¡si viera usted que había en aquella voz un ansia de confesión..., un deseo de vaciar el alma!... Me hacía el efecto de un náufrago, de esos que arrojan al mar un mensaje angustioso, dentro de una botella, sin saber a qué manos va a llegar... Después de todo, ¿por qué no podía ser yo Julia, la confidente, el silencioso amigo para sus palabras?...

Tío Gerardo.—*(Después de un corto silencio al Comprador.)* Hermoso, ¿verdad?

El Comprador.—Sí. Yo hubiera acabado en lo de la botella. Más redondo.[86]

Tía Carolina.—Y después...

Enriqueta.—La historia se iba completando cada día... Se llenaban las lagunas..., se definían los personajes... Así llegué a conocerles a ustedes.

Tío Gerardo.—¡Ah!

Enriqueta.—¡Me fueron ustedes tan simpáticos!

Tío Gerardo.—Muy amable. *(A Tía Carolina.)* Da las gracias, mujer.

Tía Carolina.—*(Reacia.)* Espera todavía hasta que veamos... Y no te pongas tan insinuante con esta señora, que[87] te conozco...

Tío Gerardo.—*(Abochornado.)* ¡Por Dios, Carolina! ¿Qué va a decir Julia?

Tía Carolina.—*(Aspera.)* ¡No me importa lo que diga! ¡Y no la llames Julia!

Tío Gerardo.—*(Al Comprador.)* ¿Usted oye esto?

---

[86] Yo hubiera . . . redondo. *I would have ended it with the part about the bottle. More effective.*

[87] que *because*

Acto segundo

El Comprador.—Ya, ya...

Tía Carolina.—¡Ni te busques la complicidad de tu amigote, que también he notado que le gusta un rato esta señora! *(A Enriqueta.)* ¡Está visto, hija! Todos los hombres son un asco cuando tienen delante una mujer que no lo es...

Enriqueta.—*(Sin perder su sonrisa.)* Muchas gracias.

Tía Carolina.—Ni mucho menos. Las cosas, como son. Y dígame...: ¿se limitó usted a la hora del oyente o hizo averiguaciones?

Enriqueta.—*(Sonriendo.)* Veo que el corazón femenino no tiene secretos para usted...

Tía Carolina.—No, señora. En eso también he salido a mi padre.[88]

Enriqueta.—Indagué un poco... Una vez conseguido el número del teléfono y el nombre del abonado, lo demás fue sencillo... Madrid es muy pequeño... Y en un Instituto de Belleza las señoras hablan...

Tía Carolina.—Para no perder el tiempo del todo...

Enriqueta.—Reconstruí la historia con todos sus detalles..., y por eso he venido...

Tía Carolina.—¿Con su cuenta y razón?

Enriqueta.—No comprendo...

Tía Carolina.—Quiero decir si viene usted a hacernos algún chantaje...

Tío Gerardo.—*(Avergonzado.)* Mujer, hoy estás imposible...

Tía Carolina.—Yo sé lo que me digo.[89]

Enriqueta.—*(Sonriendo.)* Nada de eso, señora.

Tía Carolina.—Entonces, ¿ha venido por la curiosidad de conocer al marido de Beatriz?

Enriqueta.—Tampoco. Sé que no es el marido.

El Comprador.—*(Admirado.)* ¡Toma!

Tía Carolina.—*(Un poco desconcertada.)* Entonces, ¿ha venido para darse el gusto de decirnos que sabe tanto como nosotros de...?

---

[88] he salido a mi padre *I've taken after my father*
[89] Yo sé lo que me digo. *I know what I'm talking about.*

Enriqueta.—*(Tranquila.)* Para darme el gusto de decirles que sé algo ustedes no saben...

El Comprador.—*(Aturdido.)* ¡Sopla! [90]

Tía Carolina.—¡Más que nosotros! ¡Como no sepa usted los reyes godos!...[91]

Enriqueta.—*(Sin perder su calma.)* Todos, no. *(Con una duda.)* ¿Se llamó alguno Eugenio, por casualidad? *(El nombre de Eugenio tiene la inmediata virtud de poner en guardia a Tía Carolina y a Tío Gerardo y de interesar más aún al Comprador.)*

Tía Carolina.—*(Cautelosa.)* ¿Eugenio?

El Comprador.—*(Encantado.)* ¡Esto es como el teatro!

Tía Carolina.—*(Volviéndose a él, impertinente.)* ¿Ve usted bien o me quito el sombrero?

Enriqueta.—¿Les suena ese nombre?

Tía Carolina.—Nos suena mal.

Enriqueta.—Yo sé dónde está Eugenio.

Tía Carolina.—¿Muy lejos?

Enriqueta.—Según como se mire... Ya no hay distancias.

Tío Gerardo.—*(Galante.)* Y que lo diga usted, Enriqueta...

Tía Carolina.—*(A Tío Gerardo.)* ¡No la llames Enriqueta delante de mí!

Tío Gerardo.—¿Tampoco?

Tía Carolina.—*(A Enriqueta.)* ¿En el extranjero?

Enriqueta.—En Madrid.

Tía Carolina.—¡Ah!

Tío Gerardo.—¿Le va bien?

Enriqueta.—Se defiende...[92]

Tía Carolina.—¿De quién?

Enriqueta.—De la vida, que está muy achuchada...

Tía Carolina.—*(Palpando la manga del abrigo de Enriqueta para cerciorarse de su calidad.)* Pues a usted, al parecer, no le va mal del todo... En negocio, por lo visto...

Enriqueta.—Sí; no me puedo quejar. Tengo un socio capitalista...

---

[90] ¡Sopla! *My goodness!*
[91] ¡Como no ... godos! *Why I'll bet you don't know the names of the Gothic kings (of Spain)!*
[92] Se defiende... *He's managing ... (He's defending himself ...)*

Tío Gerardo.—Que corre con todo...[93]
Enriqueta.—Bueno; el que corre con casi todo...
Tía Carolina.—No me diga usted más: el socio industrial...
Tío Gerardo.—¿Cómo no hemos sabido de Eugenio?
Enriqueta.—No se ha atrevido, el pobre...
Tía Carolina.—¡El pobre!
Enriqueta.—Además, no está bueno...
Tía Carolina.—¡Vaya! ¡Menos mal!
Tío Gerardo.—*(A Enriqueta.)* ¿Qué tiene?
Enriqueta.—Una enfermedad muy rara... Se traga el aire...
El Comprador.—*(Aclarando.)* Aerofagia.
Tío Gerardo.—*(Admirado, a Tía Carolina.)* ¿Te has fijado? De todo entiende.
Tía Carolina.—Sí. *(Al Comprador.)* ¿Sabe usted de algo que quite de la ropa las manchas que dejan los quitamanchas?
Tío Gerardo.—*(A Enriqueta.)* ¿Usted lo conoce?
Enriqueta.—¿A Eugenio? Desde hace mucho tiempo. Yo era amiga de Marichu...
Tía Carolina.—¿De qué Marichu?
Tío Gerardo.—*(A Tía Carolina.)* La modelo...
El Comprador.—*(Interesado.)* ¿La de Mallorca?
Enriqueta.—Sí. Fuimos compañeras en la casa de modas.
Tía Carolina.—¿Siguen juntos?
Enriqueta.—No. Ella lo dejó. Picaba más alto. Se fue con un torero...
Tía Carolina.—En la cuadrilla,[94] claro...
Enriqueta.—Hace ya varios años...
Tía Carolina.—*(Con una repentina decisión, a Enriqueta.)* ¿Cuánto puede usted tardar en traerlo?[95]
Tío Gerardo.—*(Alarmadísimo.)* ¡Carolina!
Tía Carolina.—Pero ¿no te das cuenta de que está ahí dentro el arquitecto haciendo sus proyectos? *(A Enriqueta, apremiante.)* ¿Cuánto?
Enriqueta.—Pues... no mucho. Tengo un taxi abajo...

---

[93] Que corre con todo... *who is very generous* . . .
[94] cuadrilla   *team which accompanies the bullfighter into the ring*
[95] ¿Cuánto . . . traerlo?   *How long will it take you to bring him here?*

TÍA CAROLINA.—Corre de nuestra cuenta.⁹⁶ ¿Diez minutos?
ENRIQUETA.—(Dudando.) No sé... ¡Si está vestido!...
TÍA CAROLINA.—(Resuelta.) ¡Como esté! Bueno; con tal que no llame la atención...
TÍO GERARDO.—(Preocupado.) Me parece una locura...
TÍA CAROLINA.—Bueno. ¡Una más!... (A Enriqueta.) Haga usted el favor...
ENRIQUETA.—(Poniéndose en pie.) Voy...
TÍA CAROLINA.—(Deteniéndola.) ¡Espere usted! (Va a un timbre que hay en la puerta del fondo, junto a la llave de la luz. Llama y espera.)
TÍO GERARDO.—¡Te temo, Carolina!
TÍA CAROLINA.—(Volviendo al centro de la escena.) Ya lo sé. ¡Gracias a eso...! (Aparece Carmen en la puerta del fondo, por la derecha.)
CARMEN.—¿Llamaba la señora?
TÍA CAROLINA.—Sí. Dígale a la señorita que haga el favor de venir un momento.
CARMEN.—Sí, señora. (Sale Carmen por el fondo izquierda.)
TÍA CAROLINA.—No se va a ir su amiga Julia sin que la vea, digo yo... (Resueltamente se despoja del sombrero y de todos los atributos de su disfraz de espía, que arroja sobre una silla cualquiera.)
TÍO GERARDO.—(En vilo.) ¿Qué haces?
TÍA CAROLINA.—(Muy decidida.) Nada. ¡Que se ha acabado el carnaval de Río de Janeiro! (Al Comprador, que la mira asombrado.) ¿Pasa algo?
EL COMPRADOR.—(Asustado.) No. ¡Todavía...! (Aparece, por la izquierda, Beatriz.)
BEATRIZ.—(A Tía Carolina.) ¿Qué quieres? (Viendo que hay en la habitación alguien a quien no conoce.) Buenos días.
TÍA CAROLINA.—Pues nada, que aquí, tu amiga...
BEATRIZ.—¿Qué amiga?
TÍA CAROLINA.—¿Cuál va a ser? ¡Julia! ¡Tu amiga del alma!
BEATRIZ.—(Yendo hacia Enriqueta.) ¡Claro! ¡Julia! Es que así, a contraluz... ¿Cómo estás, guapa? (La besa cariñosamente.)

⁹⁶ Corre de nuestra cuenta. *It's on us.*

Acto segundo 77

ENRIQUETA.—*(Dejándose besar.)* Bien. ¿Y tú? *(Después del beso, Beatriz se queda mirando a Enriqueta, pensativa.)*
BEATRIZ.—¡Mi amiga del alma! Y el caso es que esta cara la he visto yo en algún sitio... *(A Enriqueta, muy amable.)* ¿Vienes a pasar muchos días?
ENRIQUETA.—Me voy ahora mismo.
BEATRIZ.—¡Ay! ¿Tan pronto?
TÍA CAROLINA.—Va a un recado urgente... *(A Enriqueta.)* Pues, nada, hija, no la entretenemos...
BEATRIZ.—¿Vas a volver?
ENRIQUETA.—Puede.[97] *(A los demás.)* Hasta ahora.
BEATRIZ.—Te acompaño...
ENRIQUETA.—No te molestes.
BEATRIZ.—¡Por Dios! ¡No faltaba más! [98] ¡Mi amiga del alma!
TÍA CAROLINA.—*(A Enriqueta.)* ¡Suerte!
TÍO GERARDO.—Eso, ¡suerte! *(Salen las dos por el fondo izquierda.)*
TÍO GERARDO.—*(A Tía Carolina.)* Creo que vamos demasiado lejos...
TÍA CAROLINA.—No importa. Ya has oído que tiene un taxi...
TÍO GERARDO.—¡Ese hombre, en esta casa...!
TÍA CAROLINA.—Más en su sitio [99] que el otro, cincuenta veces. *(Entra Beatriz, por el fondo izquierda, tratando de recordar.)*
BEATRIZ.—Señor, ¿de qué conozco yo a esta amiga íntima? *(A los demás.)* Es muy simpática, ¿verdad?
TÍA CAROLINA.—Sí. Ya teníamos ganas de verla alguna vez.
BEATRIZ.—Yo también. *(Se dirige a la puerta de la izquierda.)*
TÍA CAROLINA.—Oye, Beatriz... *(Beatriz se detiene.)* ¿Puedes escucharme dos palabras?
BEATRIZ.—¡Si no son muy largas!... Eugenio me está esperando para que le ponga tinta china en el tiralíneas. *(A los otros.)* ¡No puede hacer una raya sin mí!

---

[97] Puede   Maybe
[98] ¡No faltaba más!   *The very idea!*
[99] Más en su sitio   *Better to have him in his place*

Tía Carolina.—*(Persuasiva y maternal.)* Mira, hija... Hay veces en que las mujeres sufrimos unas alucinaciones extrañas. Antes creo que era del corsé. Ahora debe de ser del tabaco... El caso es que, de pronto, confundimos a unas personas con otras...

Beatriz.—*(Muy interesada.)* ¡Ah! ¿Sí?

Tía Carolina.—A mí, sin ir más lejos, una temporada, cuando era joven, me dio porque [100] mi marido era un agente de Cambio y Bolsa [101] que vivía enfrente de casa... Pero, claro, cuando se presentó tu tío...

Beatriz.—Con un bastón...

Tía Carolina.—Me di cuenta en seguida de mi error... Vamos, que se me cayó de los ojos la venda...

Beatriz.—*(Tranquilamente.)* ¡Qué suerte! Así pudo servir para el de Cambio y Bolsa...

Tía Carolina.—Lo mismo te puede suceder a ti cualquier día, sin pensarlo...

Beatriz.—*(Sin perder la calma.)* Tranquilízate, tía. Esas mentiras no le pasan a nadie más que a ti, que siempre has sido un poco baruti... Perdona, pero... me está esperando... ¡Dice que si no le llevo yo la mano...! [102]

Tía Carolina.—¡Cuidado, no se vaya a torcer!

Beatriz.—Le ha salido una torre un poco para un lado... Pero yo le he dicho que no se preocupe..., que ahí está la de Pisa, y ¡hay que ver lo que le gusta a la gente! *(Sale con la mayor naturalidad por la puerta de la izquierda. Los otros la ven ir, preocupados.)*

Tío Gerardo.—*(Timidamente.)* Yo insisto en que me parece...

Tía Carolina.—*(Reconociéndolo.)* Sí. Es peligroso, pero no hay más remedio. Ha llegado el momento de las resoluciones heroicas.

Tío Gerardo.—¿Tú estás segura de que va a reconocer a Eugenio?

Tía Carolina.—¡Ay, hijo! ¡Si yo lo supiera!

El Comprador.—¡A lo mejor, está tan cambiado...!

---

[100] me dio porque   *I got it into my head that*
[101] Cambio y Bolsa   *Stock Exchange*
[102] si no ... mano...!   *if I don't give him a hand...!*

Acto segundo

Tía Carolina.—¡Qué tontería! Por mucho que cambie, el hombre que hemos visto en camiseta, no se nos despista nunca.[103]

Tío Gerardo.—Y en el caso de que lo reconozca, después de estos diez años, ¿crees que Beatriz le va a echar los brazos al cuello?

Tía Carolina.—Eso, sin duda. No digo que no sea para estrangularle; pero, por si acaso, estaremos al cuidado.

Tío Gerardo.—Y Eugenio, ¿se atreverá a venir?

Tía Carolina.—¿Quién te dice a ti que no ha mandado él mismo a la del Instituto de Belleza, de paracaidista, para explorar el terreno?

El Comprador.—Muy sagaz.

Tía Carolina.—*(Dándole la mano.)* Gracias, hombre. *(Entra Emilia por el fondo izquierda.)*

Emilia.—Señora...

Tía Carolina.—¿Qué hay?

Emilia.—Esa señora de antes, que ha vuelto con un caballero.

Tía Carolina.—*(Vivamente.)* ¡Que pasen!

Emilia.—Si pueden, porque al caballero parece que le ha dado algo [104] en el ascensor.

Tía Carolina.—*(Al Comprador.)* Por favor, vaya usted, que está de oyente...[105]

El Comprador.—*(Servicial.)* Sí, señora. Voy. *(Se dirige a la puerta del fondo y sale por la izquierda.)*

Emilia.—Debe de haber sido un insulto.

Tía Carolina.—¡Imposible! ¡Si todavía no hemos empezado! Ande, por si hace falta ayuda. Tráiganlo, aunque sea en varios viajes...

Emilia.—Sí, sí... *(Sale por el fondo izquierda. Tía Carolina y Tío Gerardo se miran inquietísimos.)*

Tía Carolina.—¡Valor, Gerardo!

Tío Gerardo.—¡Valor, Carolina! *(Se toman las manos, dispuestos a esperar a pie firme. Por el fondo izquierda, Enriqueta.*

---

[103] no se nos despista nunca *can never fool us completely*
[104] le ha dado algo *something has happened to him*
[105] que está de oyente *you're only an observer (i.e. you aren't a part of this drama.)*

Acto segundo

El Comprador y Emilia traen materialmente a Quintana, que el pobre viene ahogándose. Quintana es un hombre de menos de cuarenta años, envejecido y enfermo.)

El Comprador.—*(Dirigiendo la operación.)* ¡Precaución al tomar la curva!

Tía Carolina.—*(Separándose de Tío Gerardo y disponiendo una butaca.)* ¡Aquí! ¡Tráiganlo aquí!

Enriqueta.—*(Llevando a Quintana a la butaca, ayudada por Emilia y Tía Carolina.)* Es la impresión.[106] Cuando se emociona le da el ahogo. *(Sientan a Quintana en la butaca.)*

Quintana.—*(Casi sin voz.)* Gracias. *(Con dificultad, saca de un bolsillo un pequeño frasco de cristal. Lo destapa y aspira profundamente. Todos están pendientes de él. Parece que se repone un poco. Mira a su alrededor y se fija en Tía Carolina y Tío Gerardo. Conserva el frasco en la mano. Mirándoles.)* Muchas gracias.

Tío Gerardo.—De nada, muchacho.

Tía Carolina.—¿Te sientes mejor? *(Gesto afirmativo de Quintana, no muy convincente.)*

Enriqueta.—Es que aquí hay demasiado humo...

Tía Carolina.—*(A Tío Gerardo y al Comprador.)* ¡Tirad esos cigarros!

Tío Gerardo.—*(Rebelándose.)* ¡Ah, no! ¡Se pasa diez años por ahí, viviendo su vida, y el día que se me ocurre encender un habano...! *(Al Comprador.)* Resístase usted.

Tía Carolina.—*(Suplicante.)* ¡Por favor! *(Tío Gerardo y El Comprador ceden, a regañadientes. Apagan sus cigarros en un cenicero.)*

Tío Gerardo.—*(Lamentándose.)* ¡Con lo que lo estaba cuidando!...[107]

Tía Carolina.—¿Y yo? ¡Si me dicen a mí que iba a recibir a éste, cuando volviera, como una madre!... *(Por la izquierda entran Beatriz y Villalba. Beatriz, con su abrigo de entretiempo, y Villalba, con el sombrero en la mano. Expectación general.)*

Beatriz.—¡Bueno, nos vamos! *(Quintana, que se ha incorporado al ver entrar a Beatriz, vuelve a sentirse mal y casi se*

---

[106] *Es la impresión.* It's the effect of the occasion.
[107] ¡Con lo que... cuidando! After I had nursed it so carefully!

Acto segundo 81

desvanece.) ¿Qué le pasa a esta visita? ¿Está enfermo? *(Todos miran a Beatriz. Enriqueta ha tomado el frasco de la mano de Quintana y se lo acerca a la nariz.)*
ENRIQUETA.—¡Claro, ahora esto...!
BEATRIZ.—¡Ay, pero si está también mi querida amiga! *(A Enriqueta.)* ¿Es tu marido?
ENRIQUETA.—No, mujer. *(Se queda con las ganas de decir: «Es el tuyo.»)*
BEATRIZ.—Perdona. ¡Creí...! *(A Quintana.)* ¿No se le pasa[108]?
QUINTANA.—*(Casi sin voz.)* Sí.
BEATRIZ.—¡Vaya, me alegro! Entonces, no cansamos más. Nos vamos antes de que cierren la papelería. Eugenio necesita una goma de borrar. Ya le he dicho que con miga de pan se borra muy requetebién... Pero él, dale, que tiene que ser con goma... Le acompaño, no vaya a ser un pretexto para irse con otra y me deje diez años plantada. *(A Villalba, tomándole del brazo.)* Anda, guapo. *(A Quintana.)* Que no sea nada,[109] caballero... *(Se lleva a Villalba hacia la puerta del fondo, entre el estupor de todos.)*
BEATRIZ.—*(A Villalba, por el camino.)* A ver si está abierta la agencia de viajes... *(Del brazo de Villalba, se vuelve, en la puerta, a Tía Carolina.)* Te compraremos algo en París, de paso que hacemos nuestro encargo... *(Sale con Villalba, por el fondo izquierda. Los demás se han quedado sin poder articular palabra.)*

TELÓN MUY RÁPIDO

[108] ¿No se le pasa? *Are you feeling better?*
[109] Que no sea nada *I hope it's nothing serious*

ACTO TERCERO

En el mismo lugar y a las primeras horas de la tarde. La escena no ha cambiado en nada. Incluso siguen en la misma silla las prendas que dejó Tía Carolina. Está la escena sola unos instantes, hasta que aparecen, por la derecha, Tío Gerardo y El Comprador. Este no lleva ya la bata. Está vestido como en el primer acto. Van a sentarse al tresillo.

Entra, por el fondo derecha, Emilia con una taza de algo caliente en la mano. Viene agitando con una cucharilla su contenido. Se dirige a la puerta de la derecha.

Tío Gerardo.—(*A Emilia.*) Sírvanos el café aquí.
Emilia.—(*Deteniéndose.*) Dice la señora que de café, ni hablar.[1] Que bastantes nervios hay hoy en la casa. Que si el señor (*Por el Comprador.*) quiere tomar café, que vaya al bar de enfrente y pase la factura. (*Sale Emilia por la derecha.*)
Tío Gerardo.—(*Al Comprador.*) No se lo aconsejo. Alguna vez me he pasado al enemigo, y es detestable. De café no tiene más que el precio. Pero ¡si usted quiere...!
El Comprador.—No, no... Muchas gracias. (*Poco animado.*) ¡Salir y cruzar la calle!... Da pereza,[2] ¿verdad? ¡Se está tan bien en casa!
Tío Gerardo.—Usted es de los míos. Las gentes sin imaginación son las que necesitan viajar. Yo me lo figuro todo desde aquí. Y creo que, como en las postales, no se ve nunca nada. La realidad suele ser incómoda. Casi todo hay que verlo de pie y sin sombrero. Y, si es antiguo, no hay quien le quite su corriente de aire. Porque, además, no sé cómo se las arregla uno que

---

[1] ni hablar *nothing doing*
[2] Da pereza *It's so much trouble*

Acto tercero 83

siempre llega con mal tiempo.³ Estoy harto de que, cuando pongo el pie en una ciudad, me digan: «¡Si hubiera usted venido la semana pasada!» *(Entran, por la derecha, Tía Carolina y Enriqueta.)*

Tío Gerardo.—*(Al verles entrar.)* ¿Qué? ¿Tenemos hombre?

Tía Carolina.—Tenemos dos. Eso es lo grave. ¡La pobre hija mía diez años sin un marido, y ahora a pares!

El Comprador.—Sí. El mundo está mal arreglado.

Tía Carolina.—Porque hemos hecho todo lo posible por estropearlo. En el papel estaba muy bien pensado. Hasta la decoración era preciosa: «Paraíso Terrenal». Pero lo mismo que pasa en el teatro. Cuando el autor da media vuelta,⁴ los actores hacen lo que quieren. *(A Tío Gerardo.)* ¿No ha habido noticias?

Tío Gerardo.—No. Desde que llamó para decir que como hacía buena tarde ⁵ se quedaban a comer en Las Rozas...⁶

Tía Carolina.—*(Al Comprador.)* No me diga usted que Las Rozas no es un lugar lleno de tentaciones.....

Tío Gerardo.—*(Al Comprador.)* Ni se le ocurra, porque tenemos para media hora.⁷ *(A Enriqueta.)* ¿No se sienta usted?

Enriqueta.—Gracias. Tengo que irme.

Tío Gerardo.—¿Tan pronto?

Enriqueta.—A las cuatro abro el establecimiento...

Tía Carolina.—¿Se va usted a ir dejándonos aquí el paquete?

Enriqueta.—¿Qué paquete? *(Comprendiendo.)* ¡Ah! Ustedes me pidieron que lo trajese...

Tía Carolina.—Sí, pero...

Enriqueta.—¿O es que querían que le diera sólo una pasada⁸ y me lo volviese a llevar?

---

³ no sé ... tiempo *I don't know how it is that one always manages to arrive when the weather is bad*
⁴ Cuando ... vuelta *When the author isn't looking*
⁵ hacía buena tarde *it was such a nice afternoon*
⁶ Las Rozas *a quiet town some ten miles NW of Madrid*
⁷ Ni se le ocurra ... hora. *Don't even give it a thought or we'll be at it for half an hour.*
⁸ O es que ... pasada *Or did you expect me to bring him for only a while*

Tío Gerardo.—No, claro. Usted ha cumplido perfectamente...

Tía Carolina.—Pero ¡hay que ver la que deja usted organizada! [9]

Tío Gerardo.—*(A Tia Carolina.)* Fue idea tuya...

Tía Carolina.—Sí, ya lo sé. Pero ¿quién iba a suponer que al encontrarse con un hombre del que tiene llena de retratos su habitación...? ¡Por muy pachucho que haya vuelto...! ¡Señor, que estaba loca por él antes de casarse, y después, no digamos!

Tío Gerardo.—Pues ya ves, ¡cree que está comiendo con él en Las Rozas, y tan contenta!

Tía Carolina.—*(Pensativa.)* Habrá que hacer algo para reavivarle unos recuerdos que, ¡qué caramba!,[10] tampoco se pueden borrar así como así... *(A Tío Gerardo.)* ¿Tú crees que si vistiésemos a Eugenio de chaquet...? Hay prendas que son inolvidables.

Tío Gerardo.—Por favor, Carolina..., que eres muy capaz de volver a servir el «lunch» en los Jerónimos...[11]

Enriqueta.—*(Despidiéndose.)* Bueno, ya me contarán...

Tío Gerardo.—*(Amable.)* Sí.

Enriqueta.—No sé por qué, me imagino que no me va a volver a llamar por teléfono... *(Da la mano a Tío Gerardo.)*

Tío Gerardo.—Adiós, Enriqueta...

Enriqueta.—*(Al Comprador.)* Mucho gusto...

El Comprador.—*(Dándole la mano.)* Ya sabe dónde deja un amigo...

Enriqueta.—*(A Tía Carolina.)* Y usted...

Tía Carolina.—*(Dispuesta a acompañarla.)* Salgo hasta la puerta...

Enriqueta.—¡No! ¿Para qué?

Tía Carolina.—*(Mientras salen.)* Y pasaré cualquier tarde a verla y a hacerme la permanente. Y, de camino, si sabe usted algo para las patas de gallo...

Enriqueta.—Eso es fácil.

[9] ¡hay que ver . . . organizada! *just look at the fix you've put us in!*
[10] ¡qué caramba! *Heaven knows!*
[11] los Jerónimos *A fashionable church in Madrid (Refreshments are served there after weddings.)*

Acto tercero 85

Tía Carolina.—Es que las mías son de gallo de pelea... *(Salen por el fondo izquierda.)*
Tío Gerardo.—*(Que no le ha quitado ojo a Enriqueta.)* ¡Luego dicen que si en casa del herrero...! [12]
El Comprador.—¿Qué dicen? No he oído...
Tío Gerardo.—Que la del Instituto de Belleza está como para parar un tren.
El Comprador.—¡No estará usted pensando...!
Tío Gerardo.—Sí, señor. El que no para nada ya soy yo. Pero, de pensarlo, no me quita ni usted ni nadie... *(Vuelve por el fondo izquierda Tía Carolina. Se dirige al Comprador.)*
Tía Carolina.—Bueno, no sabemos cómo agradecerle el que haya cedido su cama a Eugenio para que repose un poco.
El Comprador.—*(Quitando modestamente importancia a su rasgo.)* ¡Por Dios!... ¿Está mejor?
Tía Carolina.—Algo se ha repuesto. De todos modos, yo no daría por él arriba de doce duros, y eso que es recuerdo de familia...
Tío Gerardo.—*(Preocupado, al Comprador.)* Y el caso es que si Eugenio no puede levantarse, ¿dónde va usted a dormir esta noche?
El Comprador.—*(Dando facilidades.)* [13] Yo, en cualquier lado... En este sofá...
Tío Gerardo.—¡No faltaba más!
El Comprador.—Una noche se pasa pronto...
Tía Carolina.—*(Pensativa.)* Pero si la cosa se enreda y... *(Pasa por el fondo, de derecha a izquierda, Carmen.)*
Tío Gerardo.—*(A Tía Carolina.)* Puedes trasladarte al cuarto de Beatriz y, entonces, en tu cama...
El Comprador.—¡De ningún modo!
Tía Carolina.—*(Pensando.)* No sé si Beatriz... *(Al Comprador.)* Usted, por lo pronto, ya está... En último caso, me puedo ir al Castellana Hilton...

[12] ¡Luego dicen . . . herrero...! *The beginning of a Spanish proverb* ("En casa del herrero cuchillo de palo.") *which indicates the lack of something that should be more abundant or obvious.* El Comprador *misses the point.*
[13] Dando facilidades *Complying readily*

El Comprador.—Creo que está muy bien... Pero no puedo consentir... Yo, con una manta, donde sea... *(Entra, por el fondo izquierda, Carmen.)*

Tía Carolina.—*(A Carmen, antes de que diga nada.)* ¿Son ellos?

Carmen.—No. Es una señora que pregunta por el señor Requena.

Tía Carolina.—¿Le ha dicho usted que no es aquí?

Carmen.—No, señora. ¡Como hay tanto personal nuevo, una qué sabe!...

Tío Gerardo.—Dígale que vea en otro piso...

Tía Carolina.—O que si trae seda de paracaídas... *(Carmen va a hacer mutis por el fondo.)*

Tío Gerardo.—¡Espere! Se me ocurre que puede venir buscando a Eugenio... *(Al Comprador.)* ¿No le parece a usted?

El Comprador.—Todo es posible en esta casa...

Tía Carolina.—Pero si pregunta por...

Tío Gerardo.—Puede que sea un seudónimo que utilice con las mujeres...

Tía Carolina.—*(Con cierta ilusión.)* [14] ¡Mira que si resultase bígamo!

Tío Gerardo.—*(Asustado.)* ¡Carolina!...

Tía Carolina.—¡O trígamo! No me extrañaría nada. Una mujer no acaba tanto a un hombre si no es en colaboración.

Tío Gerardo.—*(Considerando.)* Todo puede esperarse de quien da un nombre falso.

Tía Carolina.—¡Y tan raro! *(A Carmen.)* ¿Cómo ha dicho?

Carmen.—Requena.

El Comprador.—*(Imperturbable.)* Quizá sea pariente mío...

Tío Gerardo.—¿Por qué?

El Comprador.—Porque yo me llamo Requena de apellido...

Tía Carolina.—Pues esa señora lo sabe. *(Cayendo en la cuenta.)* ¡Claro! ¡Viene por usted!

El Comprador.—*(Extrañado.)* ¿Una señora? No. Yo ya tengo.

Tía Carolina.—¡Esa!

El Comprador.—¿Cuál?

---

[14] ilusión   *hopeful anticipation*

Acto tercero 87

Tía Carolina.—¡La suya!
El Comprador.—*(Sorprendido)* ¿Usted cree?
Tía Carolina.—*(A Carmen.)* ¡Hágala pasar!
El Comprador.—No, deje... Voy yo a ver... *(Sale por el fondo izquierda, seguido de Carmen.)*
Tío Gerardo.—¿En qué te fundas? Ya ves que ni se acordaba...
Tía Carolina.—Los hombres estáis siempre dispuestos a romper con el pasado. *(Entra, por el fondo izquierda, El Comprador, conduciendo a Matilde. Matilde es una mujer de cerca de sesenta, bien conservada.)*
El Comprador.—¡Pasa, pasa!...
Matilde.—Buenas tardes.
Tía Carolina.—*(Al comprador.)* ¿Es su mujer, por fin?
Matilde.—¿Cómo por fin? *(Al Comprador.)* ¿Había alguna duda?
El Comprador.—No, mujer. Te voy a presentar... Estos señores, ya sabes...
Matilde.—Sí. ¿Qué tal están ustedes?
Tía Carolina.—Muy bien. ¿Y usted? *(Se saludan.)*
Tío Gerardo.—Encantado. ¡Siéntese!
Matilde.—*(Sentándose.)* Gracias. Debe agradecerles a ustedes... Por teléfono me ha dicho Felipe lo amables que han sido ustedes...
Tío Gerardo.—¿Felipe?
Tía Carolina.—¿Qué Felipe?
Matilde.—*(Por El Comprador.)* Este.
Tía Carolina.—¡Ah! Menos mal.[15] Porque hoy no gana una para sustos.[16]
Tío Gerardo.—*(Al Comprador.)* ¡Qué callado se lo tenía![17]
Matilde.—Tienen que perdonarle. ¡A veces, es tan vergonzoso! *(Al Comprador.)* ¿Estás bien?
El Comprador.—Perfectamente.
Matilde.—¿No te has salido del régimen?
El Comprador.—No.

---

[15] Menos mal. *That's a relief.*
[16] no gana una para sustos *one can't keep up with the surprises*
[17] ¡Qué callado se lo tenía! *He certainly kept quiet about it!*

Tío Gerardo.—En ningún sentido. Ha comido un poco de todo...

Tía Carolina.—Y ha estado muy formal en la mesa.

Matilde.—No tienen idea de cómo habla de ustedes...

Tía Carolina.—Sí. Lo hemos oído.

Tío Gerardo.—El, que es muy bueno...

El Comprador.—(A Matilde.) Di que cuando se les llega a conocer a fondo...

Matilde.—Algo tiene que ser, porque ¡para que él pase una noche fuera de casa!...

Tía Carolina.—Vamos, que ya estaría usted con la mosca en la oreja...[18]

Matilde.—¡Huy, no señora! Con los hombres sucede lo contrario que con los relojes. Hasta pasado un número de años no tenemos el certificado de garantía.

Tía Carolina.—A pesar de todo, usted ha venido a cerciorarse...

Matilde.—No. He venido a buscarle.

Tía Carolina.—(Alarmada.) ¿Se lo va usted a llevar?

Tío Gerardo.—¿Tan pronto?

Matilde.—(Al Comprador.) ¿No te has acordado de que hoy es el santo de Hermenegildo y nos esperan a merendar?

Tío Gerardo.—¡Qué lata!

El Comprador.—(Convencido.) Sí.

Matilde.—(Explicando.) Son unos parientes. (Al Comprador.) Ya les he mandado la tarta de todos los años. (A Tía Carolina.) Tienen un hotelito muy mono, en Chamartín.[19]

Tío Gerardo.—¿Terminarán muy tarde?

Matilde.—No. Nosotros, a las nueve.

Tío Gerardo.—(Por El Comprador.) Pues, al pasar, lo deja usted...

Matilde.—¿Yo?

Tía Carolina.—O nos lo devuelve usted [20] con la muchacha...

---

[18] Vamos, que ya estaría . . . oreja... *Well, you were probably dying with curiosity . . .*
[19] Chamartín *a residential district of private homes in Madrid*
[20] O nos lo devuelve usted *Or send him back to us*

Acto tercero 89

EL COMPRADOR.—No, yo puedo volver solo.
MATILDE.—Pero, Felipe, ¿no te das cuenta? Tienes un hogar, unos hijos...
EL COMPRADOR.—Es que estos amigos...
MATILDE.—Ya sé...
EL COMPRADOR.—...están pasando por un momento terrible. No puedo abandonarlos...
TÍA CAROLINA.—*(Admirada.)* ¡Qué corazón!
MATILDE.—*(Confidencial, a Tía Carolina.)* De eso, todo lo que se diga es poco. Y para sus tres hijos, un pedazo de pan.[21]
TÍA CAROLINA.—¿Nada más?
MATILDE.—Quiero decir...
TÍO GERARDO. *(Triste.)* Es que sin él...
TÍA CAROLINA.—Se nos viene la casa encima.[22]
MATILDE.—¿Está amenazada?
TÍO GERARDO.—Nos referimos a la soledad.
MATILDE.—Me hago cargo...
TÍA CAROLINA.—Lo considerábamos ya como algo nuestro...
MATILDE.—¡Qué me va usted a decir! Pero los chicos, a su edad, hacen preguntas... No comprenden...
TÍA CAROLINA.—¡Las pobres criaturas!...
MATILDE.—Y yo he sido siempre madre antes que esposa... En el buen sentido de la palabra, no vayan a pensar...[23] *(Entran, por el fondo izquierda, Beatriz y Villalba. Visten como al final del acto segundo. Beatriz trae en la mano un brazado de flores silvestres.)*
BEATRIZ.—*(Radiante.)* ¡Aquí estamos!
VILLALBA.—Buenas tardes.
MATILDE.—*(Al Comprador.)* ¿Este cuál es, el bueno?[24]
EL COMPRADOR.—No, mujer. El falso.
MATILDE.—¡Qué lástima!
BEATRIZ.—*(Muy amable, al Comprador.)* Su señora, ¿no?
EL COMPRADOR.—Sí.

[21] un pedazo de pan   *i.e., a wonderful father*
[22] Se nos viene la casa encima.   *The house will collapse on us.*
[23] no vayan a pensar   *you may be sure*
[24] el bueno   *the real one*

Beatriz.—*(Cariñosísima, a Matilde.)* La felicito. No sabe usted la alhaja de marido que se lleva. Honrado, fiel, trabajador, limpio...

Matilde.—Sí. Le conozco. Tenemos tres hijos...

Beatriz.—Pues me parecen pocos... ¡Con un hombre así!...

Tío Gerardo.—*(Llamándola al orden.)* ¡Beatriz!

Beatriz.—*(Volviéndose a él.)* ¡Hola, tío! Tú, como siempre, tan bueno...

Tío Gerardo.—*(Doliéndose un poco.)* No creas... Lo que es hoy...[25]

Beatriz.—¡Vamos, no te quejes! ¡Hay que ver la salud que tienes, a tu edad! Todavía, nos vas a enterrar a todos...

Tío Gerardo.—*(Dudándolo.)* Ya me gustaría, pero...

Beatriz.—*(A Tía Carolina.)* ¡Ay, tía, no sabes cómo lo hemos pasado![26] Hemos corrido por el campo... Hemos cortado estas flores para ti. Nos han puesto una multa... ¡Si hubieras visto! ¡Como dos novios! *(Le entrega las flores. Se vuelve al Comprador y Matilde.)* No se marchan ustedes, ¿verdad? Voy a dejar esto... *(Sale por la izquierda. Los demás quedan un instante en silencio y, sin ponerse de acuerdo, miran a Villalba.)*

Tía Carolina.—*(A Villalba.)* ¿Le parece a usted bien?

Villalba.—¿Qué, señora?

Tía Carolina.—Correr así por el campo...

Tío Gerardo.—Estará usted molido.

Tía Carolina.—Porque ya no está usted tampoco para esos trotes...

Villalba.—*(Sinceramente.)* Tienen ustedes razón.

Tía Carolina.—¡Y tanto!

Villalba.—Hemos ido demasiado lejos...

El Comprador.—¿Más allá de Las Rozas?

Matilde.—*(Al Comprador.)* ¡Tú no te metas!

El Comprador.—*(A Matilde.)* No, si aquí dejan preguntar. Prueba si quieres...

Villalba.—Demasiado lejos, y hay que volver, cuanto antes, a la realidad. Sin la presencia de ese hombre en esta casa, todo era una especie de sueño. Ahora...

[25] Lo que es hoy... *With all that's happened today* ...
[26] cómo lo hemos pasado *what a time we've had*

Acto tercero

Tía Carolina.—Sí, hay que despabilarse.
Villalba.—Por eso me voy.
Matilde.—*(Decidiéndose a preguntar.)* ¿Tan pronto? *(Mira al Comprador. Este le demuestra con el gesto que no pasa nada.)*
Villalba.—Uno de los dos está sobrando aquí...
Tío Gerardo.—*(Con la mejor voluntad.)* Espere usted. Todavía no sabemos cuál...
Villalba.—De momento, yo. Porque no sé si es mi beso, o el del otro, el que debe despertar a la Durmiente...
Tía Carolina.—*(Con una nueva inquietud.)* Pero si Beatriz me pregunta..., ¿qué le digo?
Villalba.—Dígale usted todo lo que quiera... Todo menos la verdad. Pudiera herirla... *(Aparece en la puerta de la derecha Quintana. Se apoya en el quicio de la puerta. Villalba y Quintana se miran. Decidido, después de mirar a Quintana, a los demás.)* Buenas tardes. *(Sale por el fondo izquierda. Quintana, resuelto, va a seguirle. Tía Carolina se interpone.)*
Tía Carolina.—¿Dónde vas?
Quintana.—¡Déjeme!
Tía Carolina.—¡Ni pensarlo! ¿Qué más quieres? Te ha dejado el campo libre... *(Aparece Beatriz por la puerta de la izquierda, a tiempo de sorprender la escena.)*
Beatriz.—¿Qué pasa? ¡Ay, si es el enfermo! ¿Está usted mejor?
Quintana.—*(Conteniéndose.)* Sí.
Beatriz.—*(A Tía Carolina.)* ¿Y Eugenio?
Tía Carolina.—*(Dudando.)* ¿Eugenio?
Beatriz.—Sí. ¿Dónde está? *(Hay un silencio embarazoso.)*
Tía Carolina.—*(Vagamente.)* Ha salido...
Tío Gerardo.—*(Sin saber qué decir.)* Ahí cerca, a...
Quintana.—Beatriz...
Beatriz.—*(Volviéndose a él.)* Diga usted, señor... *(Quintana, cortado, no se atreve a hablar. Hay un nuevo silencio.)*
El Comprador.—*(Comprendiendo la situación.)* Nosotros nos marchamos también.
Matilde.—*(Al Comprador.)* ¿Sin saber en qué queda...? [27] *(El*

---

[27] en qué queda   *how it turns out*

Comprador la hace callar con la mirada. Tía Carolina apresura la despedida.)

Tía Carolina.—*(A Matilde.)* Tiene usted que conocer el piso antes. Vamos... *(Indica la salida por el fondo. Tío Gerardo no se mueve, interesado.)* ¡Ven, Gerardo!

Tío Gerardo.—Yo ya lo conozco.

Tía Carolina.—*(Autoritaria.)* ¡Anda! *(A Matilde, indicando.)* Por aquí...

El Comprador.—*(A Matilde.)* Ya verás. No parece lo grande que es...[28]

Matilde.—*(A Tía Carolina, saliendo.)* Hoy ya no se hacen casas así... *(Salen Tía Carolina y Matilde por el fondo izquierda.)*

Tío Gerardo.—*(Al Comprador, saliendo.)* ¿Volverá usted a vernos alguna vez?

El Comprador.—Pues ¡no faltaba más! [29] *(Salen casi abrazados por el fondo izquierda. Beatriz y Quintana quedan mirándose frente a frente, en silencio.)*

Quintana.—Beatriz..., ¿no me conoces? *(Beatriz le mira, sin hablar.)* ¿Es posible que no recuerdes...? ¡Tantas horas vividas..., tantas ilusiones!

Beatriz.—¿Cuáles...? *(Beatriz es ahora una mujer distinta. Tiene una calma impresionante. Sin pasión, sin odio. A fuerza de pensar en ellas tantos años, sus palabras son precisas. Todo revela en ella una resolución hecha a fuego lento. Por eso cuanto dice es definitivo. Quintana la mira.)* No te canses... Me acuerdo de todo. No tuve la suerte de perder la memoria con todo lo demás...

Quintana.—Yo creí...

Beatriz.—Que estaba loca...

Quintana.—No...

Beatriz.—Bueno, medio loca... Eso que ni siquiera da lastima a nadie..., que se dice sin dramatismo, hasta con una sonrisa: «estar así»... Ni dentro ni fuera. Pájaros en la cabeza..., viento en los sesos... Un tornillo de menos, por cuya falta la máquina no se descompone del todo... ¿Qué podía hacer, después de ir a esperarte tres, cuatro, cinco días, de buena fe, creyendo en un retraso explicable, en cualquier imprevisto fácil? ¿Sabes lo que

---

[28] No parece ... es... *It doesn't seem as large as it really is ...*
[29] ¡no faltaba más! *Of course I will!*

era volver a casa y que cada vez me mirasen unos ojos más abiertos... y que una angustia comenzara a espesarse en los silencios...,[30] que todo, alrededor, se fuera volviendo blando para no lastimarme? Ni una pregunta ya..., y una conversación cualquiera, improvisada, para sustituirla... Una ternura nueva, como un secreto convenido entre todos, como el que se guarda hasta la misma puerta del cuarto del enfermo desahuciado... Las amigas me prodigaban esa simpatía que no deseamos nunca las mujeres... Nadie más que yo pronunciaba tu nombre entero... Y, al lado, esos dos pobres viejos, como dos estatuas, empavorecidos, esperando sin aliento a cada hora un estallido, el de mi dolor o el de una risa sin remedio..., de una risa que tiene sus especialistas... y hasta sus rejas... Seguí yendo a buscarte, aunque sabía muy bien que tu asiento en el avión estaba ocupado por alguien... y que, en el hueco de sus alas, no llegaba ningún equipaje con mi retrato en un marco... Volví todos los días, con toda la escala del termómetro..., con todos los vientos de la rosa...,[31] teniéndome que echar cada vez un rastro de risas a la espalda...[32] Te iba a esperar, te lo tenía todo dispuesto, te ponía descaradamente en mi futuro..., y sabía dónde y con quién estabas, muerto para mí...

Quintana.—Había otros caminos...

Beatriz.—Sí, dos: el de ser mala... o demasiado buena. El de vestir santos o el de desnudar demonios...[33] Mala no quería ser... Para beata, era demasiado pronto... Me quedé en... eso... Cambié el Cielo y el Infierno por el Limbo. En los tíos, mis padres, porque otros no he conocido, nació tal esperanza..., tal deseo de que todo se detuviera en aquel punto, que cambiaron su vida de siempre para ponerla al ritmo de la mía. Me daban la razón, aun a riesgo de quedarse sin ella...[34] Nos hicimos un mundo particular, a nuestra medida,[35] en el que tú vivías también.

[30] espesarse en los silencios... *fill up the silences . . .*
[31] la rosa *the compass*
[32] teniéndome . . . espalda... *having to ignore the laughter behind my back . . .*
[33] vestir santos . . . desnudar demonios *i.e., to be very pious or go to the other extreme*
[34] Me daban . . . ella... *They went along with me at the risk of losing their own sense of reality . . .*
[35] a nuestra medida *to our own specifications*

Quintana.—Porque me esperabas.

Beatriz.—A ti, ya no. Tú te ibas desvaneciendo. Perdías carne y sangre, mientras yo me olvidaba de mis propios sentidos..., de mi carne y de mi sangre, también... Te quedaste en los puros huesos,[36] y de ahí, en un mito. Todo estribaba ya en que tú no volvieras nunca..., porque la ilusión estaba apoyada en tu ausencia... No debías volver, ¿comprendes?... No has debido volver... ¿Para qué has vuelto?

Quintana.—*(Sin saber qué decir.)* Soy tu marido...

Beatriz.—¡A buena hora! ¿No lo eras entonces, más que nunca?... ¿No lo eras, después, cuando yo todavía hubiera tenido perdón en las palmas de las manos..., cuando aun me cabía en la cabeza, y en el corazón, tu pecado? ¿Por qué no volviste, si sabías que bastaba con que hubieses traído la voluntad de una lágrima?

Quintana.—No podía, Beatriz... Tuve un hijo...

Beatriz.—*(Rebelándose.)* ¿Con aquella mujer?

Quintana.—*(Con la cabeza baja.)* Sí.

Beatriz.—*(Con encono por primera vez.)* ¡Ese hijo era el mío!... El que me debías a mí, a las entrañas [37] que dejaste apagar... Me lo robaste para dárselo a ella... *(Con un involuntario resto de ternura de mujer.)* ¿Dónde está?

Quintana.—Murió.

Beatriz.—*(Amargamente.)* ¡Hasta eso!... Hasta ese dolor me has quitado... Su muerte era mía, también..., de mis ojos... Esa pena bastaba para llenar una vida...[38] Esta vida que tú has hecho vacía, estéril..., inútil... Esta vida sin motivo y sin peso... *(Se domina, en un corto silencio, para recobrar un tono más cortante.)* Vete, Eugenio...

Quintana.—*(Buscando un recurso.)* Hay una ley, Beatriz... Y un Sacramento... Has jurado ante el altar. Has puesto una firma que no puede borrarse...

Beatriz.—Lo sé. Pero juré para la compañía y para el amor..., porque me daban un hombre, en cambio, con un cupo de besos y de alegrías compartidas, y para los malos tragos, a pie

---

[36] Te quedaste ... huesos You were reduced to a bare outline
[37] a las entrañas to the maternal love
[38] Esa pena ... vida... That grief would have sufficed for a lifetime ... (For Beatriz, fulfillment is both happiness and sorrow.)

Acto tercero

firme, juntos, bien apretados de la mano. No firmé nada para la soledad.

QUINTANA.—(*Buscando el registro de la compasión.*) Beatriz, ¿no me ves? Estoy enfermo...

BEATRIZ.—Tampoco vale... Yo contraté en los pliegos de la sacristía un hombre sano y joven... Tu enfermedad, ahora, es otro fraude.

QUINTANA.—El matrimonio es también para la enfermedad y para la vejez.

BEATRIZ.—Pero hay que ganársela a pulso.[39] Desde los primeros síntomas. Enteramente. Para nada estamos hechas las mujeres como para la compasión y el cuidado..., pero a condición de que todo se incube al lado nuestro, con el derecho a disolver nosotras en el agua la primera aspirina, al menor malestar... Y la vejez, lo mismo, poco a poco..., mano a mano...,[40] tan confundidos los achaques que no se sepa cuál es el de cada uno... Con el mal que ahora traigas, de lejos, todo entero, de golpe, yo no tengo que ver... Es tuyo solo. No he pagado por él ninguna angustia.

QUINTANA.—Entonces...

BEATRIZ.—Vete, Eugenio...

QUINTANA.—(*Amargo.*) A morirme...

BEATRIZ.—Tu muerte es cuenta tuya.[41]

QUINTANA.—La deseas...

BEATRIZ.—Ni eso, porque ni me queda un resto de amor con que odiarte...

QUINTANA.—Mi muerte significaría tu libertad.

BEATRIZ.—Puedes morirte a medias... Con que se diga o se suponga, basta. O con que no se sepa de ti en algún tiempo... La Iglesia pone también un límite al abandono.

QUINTANA.—Te unirías a ese hombre...

BEATRIZ.—Seguramente.

QUINTANA.—Y mientras tanto...

BEATRIZ.—Mientras tanto quiero volver a oír la música de

---

[39] hay que ganársela a pulso   *one must see it through (the hard way)*
[40] mano a mano...   *together* ...
[41] cuenta tuya   *your own affair*

unas palabras que había olvidado desde que hace años las dejó
en mi oído otro hombre.

Quintana.—¿Cuál?

Beatriz.—Tú. Ya ni te acuerdas.

Quintana.—Es peligroso. El amor es más que palabras.

Beatriz.—¿Y me lo vienes tú a decir?

Quintana.—Es que yo no voy a consentir... La Ley está de mi parte.[42]

Beatriz.—La Ley también comprende... Yo estoy separada de ti, libre de ti, en la habitación, en la mesa y en el lecho... Ya ves que hasta me he leído los códigos... ¡Si no me hubieras dejado tanto tiempo libre para leer!... Cuando se me acabaron las novelas...

Quintana.—Nada te permite que seas de otro...

Beatriz.—¡Ay, hijo! ¡También eso...! Vete a probarlo. Nada sirve de evidencia... Ni las cartas de amor más apasionadas..., ni las citas más clandestinas... ¿Cómo eres tan torpe? ¿No comprendes que si no tuviera que rendir cuentas a nadie más que a ti, o a la Ley, me iba a haber detenido a pecar, cuando no me han faltado ocasiones, todas a las que tú me has empujado?

Quintana.—Es que ya no puedes seguir confundiéndome con ese hombre...

Beatriz.—¿Por qué no? ¿Te olvidas de que llevo diez años fuera de mí?[43]

Quintana.—Pero yo sé ya que no estás loca.

Beatriz.—Y los demás, ¿no cuentan? Prueba a decirlo. ¡Iba yo a empezar a hacer tales cosas! Tengo diez años de ventaja.[44] ¡Y de algo me había de servir el entrenamiento!...

Quintana.—A los locos se les encierra...

Beatriz.—Ya sé. A los maridos como tú, no, en cambio... Y a los medio locos, menos. Por eso he procurado quedarme cerca de la raya... Y descuida que no te voy a reconocer, ni a darte una vez más el nombre que tienes... Puedes irte con tus culpas... Y llévate, de paso, las mías, que también te pertenecen.

Quintana.—*(Vencido, después de un corto silencio.)* Beatriz...

[42] de mi parte *on my side*
[43] que llevo ... mí *that I've been out of my head for ten years*
[44] de ventaja *head start*

Acto tercero

BEATRIZ.—Adiós... *(Iba a decir «Eugenio».)* Adiós, hombre... *(Quintana espera un instante con la última esperanza y sale por el fondo izquierda. Beatriz queda sola, en silencio. No puede más* [45] *y se lleva un pañuelo a los ojos. Entra Tía Carolina por el fondo izquierda.)*
TÍA CAROLINA.—He visto salir a ése...
BEATRIZ.—*(Secándose los ojos.)* Sí.
TÍA CAROLINA.—*(Asustada al verla llorar.)* ¡Criatura! ¿Estás llorando? ¿Por él?
BEATRIZ.—*(Tratando de suavizarlo todo con una sonrisa.)* ¿Es que no se puede llorar?
TÍA CAROLINA.—En esta casa está prohibido por el Tratado de mil novecientos cuarenta y nueve... ¿Qué te pasa?
BEATRIZ.—Le estaba diciendo adiós a la juventud.
TÍA CAROLINA.—¿A qué juventud?
BEATRIZ.—A la mía. ¿A cuál iba a ser? ¿Tú no dijiste adiós a tu juventud?
TÍA CAROLINA.—Mi juventud se fue sin despedirse... No sé dónde habrá ido a parar.
BEATRIZ.—No lo sentiste porque no estabas sola..., porque alguien te llevaba el compás... Para envejecer, hace falta la parte de piano... ¡Yo no tengo con quien engañar mi soledad!
TÍA CAROLINA.—*(Apurada.)* ¡Mujer, no digas eso!
BEATRIZ.—¿Qué voy a remediar con no decirlo? Es más fácil que callar, como hemos callado en estos diez años.
TÍA CAROLINA.—¿Para qué tienes que recordar ahora...?
BEATRIZ.—Para saber lo que me espera. Para que no haya duda. Para estar segura de que, en adelante, cada hora va a tener sesenta minutos, ni uno menos... Y cada día, veinticuatro horas, sin compasión... Y cada año, trescientos sesenta y cinco días iguales.
TÍA CAROLINA.—Menos los bisiestos...
BEATRIZ.—Sí. Un día cada cuatro años, para que salgan las cuentas claras... y que no se nos perdonen los intereses... Ese día de más, que debiera ser voluntario...
TÍA CAROLINA.—¿Como el sello de los telegramas?
BEATRIZ.—Ese día para los que lo quieran..., para los que son

---

[45] No puede más *She cannot bear it any longer*

felices..., para los que tienen una esperanza..., para los que tienen un amor... Yo sé lo que me aguarda. No hay peor cosa. Sé lo que no saben las flores cuando se abren... lo que es marchitarse en un vaso, tontamente... Sin el beso del sol, ni el de las mariposas..., ni siquiera el interesado de las abejas... Sé lo que es no ser nada e irse haciendo de piedra.⁴⁶

Tía Carolina.—Con llorar no vas a adelantar nada.

Beatriz.—Por eso, ya, ni voy a llorar siquiera... ¿Para qué adelantar lo que va a venir por sus pasos muy contados?...⁴⁷ No te apures... No vas a verme llorar más. Mientras se seca, también, esa fuente, lloraré a escondidas..., como tú has llorado tantas veces por mí. *(Tía Carolina ya no tiene palabras. Emocionada, la abraza. Entra Tío Gerardo por el fondo izquierda.)*

Tío Gerardo.—*(Extrañado.)* ¿Qué ocurre?

Beatriz.—*(Reaccionando, sonríe.)* Nada, tío... Tranquilízate... Son cosas nuestras... ¡Cosas de mujeres! *(Sale por la puerta de la izquierda. Tío Gerardo queda pensativo.)*

Tío Gerardo.—Mal asunto. Las cosas de mujeres son siempre un hombre...

Tía Carolina.—O dos.

Tío Gerardo.—No. Cuando hay dos, ya empieza a ser cosa de hombres.

Tía Carolina.—*(Seria, por Beatriz.)* Me da miedo, Gerardo.

Tío Gerardo.—Siempre te ha dado miedo...

Tía Carolina.—Ahora, más. Ahora, ya tenemos atadero. Antes, no lo teníamos, ¿comprendes?, y era más fácil... Ahora estamos sujetos con plomos a los pies..., ¡y no podemos echar a volar!⁴⁸

Tío Gerardo.—*(Nostálgico.)* ¡Era tan distraído andarse por las ramas!

Tía Carolina.—Las ramas, si bien se mira, tienen mucho de aire... Las ramas, ¿qué saben de las raíces?

Tío Gerardo.—*(Suspirando.)* ¡Estamos perdidos!

⁴⁶ irse haciendo de piedra   *to turn gradually into stone*
⁴⁷ por sus pasos muy contados   *in its regular (and inevitable) way*
⁴⁸ echar a volar   *fly off in the air*

Acto tercero 99

Tía Carolina.—Peor, Gerardo. Estamos encontrados. No hay escape. (*Guardan un triste silencio. De pronto entra, por la izquierda, resueltamente, Beatriz. Se dirige al teléfono, sin hacer caso de ellos. Lo toma y marca un número. Tía Carolina y Tío Gerardo la miran.*)

Beatriz.—(*Al teléfono.*) ¡Oiga!... ¿Eres tú, Julia? (*Sorpresa y vivo interés de Tía Carolina y Tío Gerardo.*) Te llamo para decirte que no cuentes conmigo esta tarde... Salgo con Germán... Sí, mujer, con ese chico que estudia Arquitectura... Iremos a un cine... Después me volveré a casa en seguida... Ya sabes a los tíos no les gusta que vuelva tarde... Dicen que no está bien en una muchacha soltera... (*Durante estas palabras los tíos han cambiado una mirada de sorpresa y otra de inteligencia. Con gesto de alegría y de esperanza, sin cambiar palabra, como obedeciendo a una consigna. Tía Carolina se dirige a la silla donde dejó sus atavíos y comienza a vestirse, otra vez, de espía, con gran entusiasmo, mientras Tío Gerardo se sienta y busca algo en sus bolsillos, de los que saca unas largas tiras de papel rizado, de colores, un juguete de cuerda que, al dejarlo sobre la mesa, se pone en marcha; un farollilo a la veneciana y, por último, una cuartilla doblada. La coloca sobre la mesa. Se busca después en los bolsillos interiores de la americana. Saca una armónica, un plumero y, por fin, su pluma estilográfica. Escribe rápidamente, muy satisfecho. Beatriz sigue al teléfono.*) ¿Qué quieres, hija? Están chapados a la antigua...[49] ¿Que cuándo va a entrar en casa?... ¡Ni pensarlo por ahora!... ¡Hasta que él no acabe la carrera!...[50] Le faltan dos años... Y yo, todavía, ¡fíjate! ¡De aquí a que me vista de largo!...[51] Tengo tiempo de pensarlo... Sí. Gustarme, me gusta; pero no hay nada serio... Primero, que [52] tenga su porvenir asegurado... y que encontremos piso... No. En la Vespa,[53] descuida, que no me lleva... A bailar, puede. Adiós,

[49] Están ... antigua... *They have old-fashioned ideas...*
[50] ¡Hasta que ... carrera! *Until he finishes his studies!*
[51] De aquí ... largo *Between now and the time I put on adult clothes (i.e., go out formally in society)*
[52] que *let*
[53] Vespa *motor scooter (a popular mode of transportation for all ages in Spain)*

solete, que te diversiones...⁵⁴ ¿Yo? ¡Todo lo que pueda! ¡Adiós! (*Cuelga. Marca otro número. Espera, sonriente.*)

Tía Carolina.—(*De espía, a Tío Gerardo.*) ¿Qué tal?

Tío Gerardo.—¡Arrebatadora! A ver qué te parece esto... (*Lee el papel que ha escrito.*) «A particular, se vende tapiz Gobelinos auténtico, siglo quince...»

Tía Carolina.—(*Con un leve temor.*) Pon dieciséis, por si acaso.

Tío Gerardo.—(*Tachando lo escrito.*) Mejor. «Se vende mobiliario completo...» (*Escribe.*)

Beatriz.—(*Al teléfono.*) Oiga... ¿Eres tú, Germán?... ¡Sí, claro, Germán!... ¿No te llamas Germán? ¡Entonces! ¿Cómo querías que te llamara?... ¿Cómo?... ¿Eugenio?... ¡Qué tontería! ¡Eugenio se acaba de morir!... (*Tío Gerardo ha tomado de la mesa la armónica con curiosidad. Se la lleva a los labios. Hace en ella una escala. Sonríe, complacido, y toca, animadísimo, una vieja canción de América:* «¡Oh, Susana!...» *Beatriz sigue al teléfono.*) ¿Que qué ruido es éste? (*Tío Gerardo ejecuta, a todo pulmón,* ⁵⁵ *la melodía. Tía Carolina lleva el compás con un pie y acompaña con unas palmadas. Beatriz, al teléfono, encantada.*) Es tío Gerardo y una señora muy rara que me están acompañando en el sentimiento.

TELÓN MUY RÁPIDO

---

⁵⁴ Adiós, solete, que te diversiones...   *Good-bye, dear, have fun . . .*
⁵⁵ a todo pulmón   *with all his might*

PREGUNTAS Y TEMAS DE DISCUSIÓN

Acto primero, páginas 14-22

A. Contestar en español:

1. ¿Dónde sucede la acción de la comedia?
2. ¿Cuánto tiempo pasa entre el principio y el final de la comedia?
3. Descríbase el escenario.
4. ¿Quiénes son Carmen y Emilia?
5. ¿Qué discuten éstas?
6. ¿Por qué está tan escandalizada Carmen?
7. Según Emilia, ¿por qué se han dado cuenta los hombres de que tienen su mérito?
8. Explíquese la expresión "hay tomate."
9. ¿Por qué no está en casa la señorita (Beatriz)?
10. ¿Qué acción de Emilia nos indica que Eugenio no va a venir?
11. ¿Qué significa «ser loco de remate»?
12. Dése una breve descripción de Tía Carolina.

B. *Temas de discusión:*

1. La situación en la casa donde trabajaba Emilia
2. Elementos de sorpresa y misterio en la comedia

Acto primero, págs. 22-30

A. *Contestar en español:*

1. ¿Por qué toma Tío Gerardo una taza de tila?
2. ¿Quién es El Comprador?
3. ¿Por qué ha venido éste a la casa?
4. ¿Cuánto pide Tío Gerardo por el jarrón?
5. ¿A quiénes piensa escribir Tío Gerardo sobre el pavimiento de la calle?
6. ¿Cómo son los regalos de boda generalmente?
7. ¿Por qué pone Tío Gerardo anuncios en los periódicos?
8. ¿Qué clase de autógrafos consigue Tío Gerardo?
9. Explíquese el humor de las líneas: "Yo colecciono firmas desconocidas... Hay hasta un José López."
10. ¿Por qué habla inglés El Comprador al ser presentado a Tía Carolina?
11. ¿Qué quiere decir Tía Carolina cuando explica que está doblada en español?
12. Según Tía Carolina, ¿por qué no pueden desprenderse de ningún objeto horrible?

B. *Temas de conversación:*

1. Los anuncios de Tío Gerardo
2. El disfraz de Tía Carolina

Preguntas y temas de discusión

Acto primero, págs. 30-38

A. *Contestar en español:*

1. ¿Qué noticias le da Beatriz a Carmen?
2. Descríbase la relación entre Carmen y el carbonero.
3. ¿Qué hace Beatriz antes de saludar a sus tíos?
4. ¿Quién es Julia?
5. ¿Cómo es el hombre que siguió a Beatriz en Barajas?
6. ¿Por qué no tiene Beatriz ganas de conocerlo?
7. ¿Cómo explica Beatriz la conversación con "Julia"?
8. ¿Cuántos años hace que Beatriz va a esperar a su marido?
9. ¿Con quién se había ido el marido de Beatriz?
10. ¿Cuáles son los disfraces de Tía Carolina?

B. *Identificar o definir en español:*

paella, torero, doncella, cruce, Ava Gardner, Mallorca

C. *Tema de discusión:*

La conversación telefónica de Beatriz y Julia

Acto primero, págs. 38-47

A. *Contestar en español:*

1. Explíquese el significado de la frase "estar como una regadera."
2. ¿Quién cuenta la primera parte de la historia de Beatriz?
3. ¿Cuánto dinero heredaba Beatriz?
4. ¿Por qué vale menos la herencia en la época actual?
5. Explique cómo se sabe que Tía Carolina ya tenía bastante dinero antes de casarse.
6. ¿Qué enfermedades de niñez tuvo Beatriz?
7. ¿Cómo está vestida Beatriz?
8. ¿Qué hizo Beatriz cuando su marido no volvió de Barcelona?

9. ¿Qué decidieron los tíos?
10. ¿Con quién se encuentra Beatriz abajo en la acera?
11. ¿Por qué está tan nerviosa Tía Carolina?
12. ¿Por qué no quiere Tía Carolina que Villalba se vaya a duchar?

B. *Explicar o definir en español:*

cursi, huérfana, sarampión, serial de radio, pariente, aparecido

C. *Temas de discusión:*

1. La niñez y la juventud de Beatriz
2. La influencia de los dramas de radio en el diálogo de Tía Carolina

Acto segundo, págs. 48-56

A. *Contestar en español:*

1. ¿Qué le muestra Tío Gerardo al Comprador al principio del acto?
2. Describa las ventajas de la pasta dentífrica que se encuentra en el cuarto de baño.
3. Explíquese la diferencia entre un reloj de arena y un reloj de pulsera.
4. ¿Quiénes son los Reyes Magos?
5. ¿Qué regalo absurdo recibió Tía Carolina de los Reyes Magos?
6. ¿Cuáles son los productos nacionales de España que menciona Tío Gerardo?
7. ¿Por qué no come mucho El Comprador?
8. ¿Qué preguntas hace El Comprador a su esposa por teléfono?
9. ¿Por qué telefonea Beatriz a Julia?
10. ¿A qué clase de novela dan el Premio Nadal?
11. ¿Por qué tiene miedo de Metro-Goldwyn-Mayer Tía Carolina?

Preguntas y temas de discusión

B. *Tema de discusión:*

En la conversación telefónica hay indicaciones de que Beatriz comprende la realidad de su situación. Apunte estas indicaciones y explíquelas.

Acto segundo, págs. 57-68

A. *Contestar en español:*

1. ¿Qué iba a tirar por el balcón Tía Carolina?
2. Analícese el significado de las líneas: «... no estoy loca... Es la fuerza del personaje. No vaya a creerse, porque me vea vestida de mamarracho, que ando mal de cabeza...»
3. ¿Por qué no se detiene a pensar Villalba si el amor de Beatriz le está realmente dirigido o no?
4. ¿Qué instrucciones le da Beatriz a Carmen?
5. ¿Qué es «una carrera de armamientos»?
6. ¿A qué país hicieron Beatriz y Eugenio su viaje de novios?
7. Explíquese la expresión «hay moros en la costa».
8. ¿Por qué se preocupan tanto los tíos por el cuarto de baño?

B. *Comparar y analizar las líneas siguientes:*

«Ahora todo va a ser nuevo, como si nos hubiéramos conocido ayer...»
«Y te olvidaré cada noche para encontrarte limpio, recién nacido, para mí, cada mañana.»
«Los recuerdos de las horas felices envejecen también si no se les renueva.»

C. *Temas de discusión:*

1. La venda que Beatriz tiene delante de los ojos
2. El viaje de novios de Beatriz y Eugenio

Preguntas y temas de discusión

Acto segundo, págs. 68-81

A. Contestar en español:

1. ¿Cómo es Enriqueta?
2. ¿Qué dice Enriqueta que sorprende mucho a los tíos?
3. ¿Cómo gana la vida Enriqueta?
4. Explíquese cómo empezaron las conversaciones entre Enriqueta y Beatriz.
5. ¿Por qué siguió escuchando Enriqueta?
6. Defínase la expresión «hacer chantaje.»
7. ¿De qué enfermedad sufre Eugenio?
8. ¿Quién es Marichu?
9. ¿Cómo reacciona Beatriz al ser presentada a Enriqueta?
10. ¿Cómo es el verdadero Eugenio?
11. ¿Qué efecto tiene la llegada de Quintana en Beatriz?
12. ¿Por qué salen de la casa Beatriz y Villalba?

B. Tema de discusión:

Beatriz reconoce a su verdadero esposo

Acto tercero, págs. 82-92

A. Contestar en español:

1. Según Tío Gerardo, ¿quiénes son las gentes que necesitan viajar?
2. ¿Cuál es el nombre de pila del Comprador? ¿Su apellido?
3. Dése una descripción de la familia del Comprador.
4. ¿Qué trae Beatriz en la mano al entrar?
5. ¿Qué palabras usa Beatriz para describir al Comprador?
6. ¿Explíquese la expresión «estar con la mosca en la oreja.»
7. ¿Por qué recibieron una multa Beatriz y Villalba?
8. ¿Por qué no quiere marcharse la señora Requena?
9. Explíquense o defínanse las palabras siguientes: multa, pachucho, patas de gallo, bígamo, paracaídas, régimen, hogar.

Preguntas y temas de discusión

B. *Temas de conversación:*

1. Las incomodidades de los viajes (según Tío Gerardo)
2. La vida doméstica de los señores Requena

Acto tercero, págs. 92-100

A. *Contestar en español:*

1. ¿Cómo reacciona Beatriz al encontrarse sola con Eugenio?
2. ¿Por qué siguió yendo Beatriz al aeropuerto?
3. ¿Qué es el Limbo?
4. ¿Cómo era el mundo que hicieron Beatriz y sus tíos?
5. Según Beatriz, ¿qué le robó a ella Eugenio?
6. ¿Por qué no conmueve a Beatriz la enfermedad de Eugenio?
7. Descríbase la nueva ilusión de Beatriz.
8. ¿Hay semejanza entre Germán y Villalba?
9. ¿Qué hacen los tíos mientras habla Beatriz por teléfono?
10. ¿Qué canción toca Tío Gerardo al final de la comedia?

B. *Temas de debate:*

1. Beatriz sigue el único camino que le queda a ella
2. Beatriz encontrará la felicidad en su nueva ilusión

C. *Temas de discusión:*

1. La relación del Tiempo a las ilusiones de Beatriz
2. El humor en *La venda en los ojos*

VOCABULARIO

The vocabulary includes the words in the Spanish text and the introduction. The following words are omitted unless special meanings are involved: definite and indefinite articles; personal, reflexive, relative and interrogative pronouns; possessive and demonstrative adjectives and pronouns; cardinal numbers; identical cognates; and some easily recognizable cognates; conjugated verb forms; participles if no special meaning is involved and the infinitive is included; adverbs ending in **mente** if the corresponding adjective appears; most recognizable proper and geographical names. Context meanings only are given, and words interpreted or translated in footnotes are omitted from the vocabulary unless additional meanings are involved. The gender of nouns is not indicated for masculine nouns ending in -o and for feminine nouns ending in **-a, -ión, -ad, tud, umbre**. The abbreviations used are: *adj.*-adjective, *adv.*-adverb, *f.*-feminine, *inf.*-infinitive, *m.*-masculine, *mf.*-masculine or feminine according to sex, *pl.*-plural.

a to, for, at, from, on
abajo downstairs
abandono profligacy
abeja bee
abierto open
aborchornado flushed, embarrassed
abonado subscriber
abrazar to embrace, to hug
abrigo coat; — **de entretiempo** light coat, — **de pieles** fur coat
abrir to open
abrumado overcome, overwhelmed
aburrirse to get bored
acá here; **para** — here

acabar to end (up), to finish, to consume; — **de** (+ *inf.*) to have just; —**se** to use up
acaso: (por) si — just in case, to be on the safe side, in case it does
acceder to consent
acción action, stock
acera sidewalk
acercar to bring close; —**se a** to approach, to come (get) close
acertar (ie) a to succeed in, to guess right
aclarar to explain
acoger to receive
acompañar to go with, to accompany

Vocabulario

aconsejar to advise
acontecimiento event
acordarse (ue) de to remember
acostumbrado trained, customary
acostumbrarse a to get used to
actual present day, contemporary
acuerdo *see* **poner**
acuidad acuity, sharpness
acusador accusing
achaque *m.* illness, indisposition
achuchado rough, hard
adelantar to help, to further
adelante: en — henceforth
además besides, moreover, furthermore
adiós good-bye, farewell
adivinar to guess
admirado marvelling
adquirir to get
advertencia warning
advertir (ie) to notice, to give warning
aeródromo airport
aerofagia spasmodic swallowing of air
aeropuerta airport
afán *m.* eagerness, desire
afectuoso fond, kind
afeitarse to shave
afición inclination, fondness (for)
afrontar to confront
agencia: — de viajes travel agency
agente *m.* representative, broker
agitar to stir
agosto August
agradable pleasant
agradecer to thank (for)
agua water
aguardar to await
ahí there; **por —** all over, everywhere
ahogarse to choke, to gasp
ahogo choking spell
ahora now, just now; **— mismo** right now, right away
ahorcar to hang
ahorrar to spare
ala wing
alcance: al — in reach
alcanzar to reach, to overtake
alcoba bedroom
alegrar to make happy; **—se** to be glad (happy)
alegre lively, gay
alegría joy
alejamiento withdrawal, distance
algo something, somewhat
alguien someone (else)
alguno (algún) some, any
alhaja jewel
aliento breath; **sin —** breathless
alma soul
almorzar (ue) to eat lunch
alondra lark
alrededor around; **a su —** around
alto high
alucinación hallucination
alzar to raise
allá there; **para—** and beyond
ama: — de casa housewife
amable amiable, gracious
amargo bitter
amargura bitterness
amarillo yellow
ambiente *m.* environment
ambos both
amenazado in danger, threatened
americana jacket
amigo *mf.* friend, sweetheart
amigote *m.* dear friend, pal
amor *m.* love
amplio large, extensive
andar to go (on); **— mal de cabeza** to be out of one's head, to take leave of one's senses; **—se por las ramas** to avoid the issue, to beat around the bush; **¡Anda!** Come on!, Really!
angustia anguish
angustiado worried

angustioso full of anguish
animado lively, excited
animarse to cheer up
anoche last night
anormal abnormal
Anouilh, Jean (1910 —) a leading contemporary French playwright
ansia longing
ante before, in the face of
antecedente *m.* precedent
anterior previous
antes (de) (que) before
antiguo ancient
anunciar to advertise
anuncio advertisement, announcement
año year
apagar to put out, to extinguish
aparatito small apparatus
aparecer to appear
aparecido ghost
apasionado passionate
apasionante moving
apellido family name
aperitivo aperitive, drink
apoyarse to lean on, to rest on
apremiante pressing
aprender to learn
apresuradamente quickly
apresurar to hasten
apretar (ie) to clasp, to apply pressure
aprovechar to make use of, to take advantage of
apuntar to show, to sprout
apurarse to worry
apuro problem, stringency
aquí here
árbol *m.* tree
arena *see* **reloj**
argumento plot
armadura armor
armario wardrobe, closet
arrancar to wrest, to pull out
arrebatador captivating
arreglar to arrange, to fix (up), to clean up; **—se de** to fix oneself up with
arreglo arrangement, agreement
arriba: — de more than
arrojar to toss, to throw
arroz *m.* rice
arrugarse to get wrinkled
arruinado ruined
artesanía manufacture, workmanship
ascensor *m.* elevator
asco revolting thing
asegurarse to make sure
asentir (ie) to acquiesce
así thus, so, this way, like this (that); **— como —** anyhow, just like that
asiento seat
asistir to attend
asomar to show; **—se** to look out (from)
asombrado astonished, amazed
asombroso astonishing, striking
áspero harsh
aspirar to inhale
asunto matter, business
asustado frightened
atadero rope, string; **tener —** to be tied down
atar to tie, to hold fast
atavío gear, outfit
atender (ie) to heed, to take care of
aterrado appalled
atónito astonished
atrancarse not to open readily
atrás behind
atreverse to dare
aturdido stunned
aumentar to multiple, to increase
aún even, still, yet
aunque although
ausencia absence
autobús *m.* bus
autoritario with (great) authority

Vocabulario

ave *f.* bird
avergonzarse to be embarrassed
averiguación investigation, inquiry
avión *m.* airplane
avisar to inform
ayer yesterday
ayuda aid
ayudar to aid, to help
azafata airline hostess
azorado uneasy
azúcar *m.* sugar
azucarero sugar bowl
azul blue

bachillerato degree conferred at the end of preparatory school, program of studies for the degree
bailar to dance
baja casualty
bajar to go down, to drop
bajo low, down
balde: de — free, gratis
bandeja tray
banderilla decorated dart thrust into the back muscles of the bull during a bullfight
baño bath
baraja cards
barbaridad: ¡qué —! how awful!
barco ship
bargueño antique desk
barullo confusion, disorder
baruti scatterbrained
basado based
bastante somewhat, rather, enough
bastar to suffice
bastón *m.* cane
bata dressing gown
batín *m.* smoking jacket
baúl *m.* trunk
baúl-maleta *m.* large suitcase
beata woman devoted to obvious piety
beber to drink

belleza beauty; **instituto de —** beauty salon
besar to kiss
beso kiss
bien well, very well, fine; **estar —** to be fine, to fit, to be fitting
bígamo bigamist
bigote *m.* mustache
bisiesto leap year
blando gentle, kindly, delicate
bloque *m.* block (of houses)
boa *m.:* **— de plumas** feather boa
boca mouth
boda wedding
bolsillo pocket
bolso purse, handbag
bonito pretty, nice
boquilla cigarette holder
borde *m.* edge
borrar to erase
botella bottle
brazado armful
brazo arm
brindar to entice
brindis *m.* toast
broma joke, levity
brotar to appear, to break forth
bueno good, fine, well, all right; **estar —** to be well
buscar to look for, to get
butaca armchair

caballero gentleman, sir
caber to be contained
cabeza head
cabo: al — de los años finally
cabra goat; **— hispánica** type of mountain goat found in the Gredos range
cada each
caer to fall; **— en la cuenta** to catch on; **—se** to fall down, to fall off; **—se muerto** to drop dead

café *m.* coffee
caja box
calidad quality
caliente hot
calificar to qualify, to name
calor *m.* heat
callar (se) to stop talking, to be quiet
calle *f.* street
cama bed
camarera chambermaid
cambiar to change, to exchange
cambio: en — in exchange, on the other hand
camino way, road; **por el —** along the way; **de —** by the way
camioneta small truck
camiseta undershirt
campear to crop up
campo country, field
canción song
canjear to exchange
cansar to tire; **—se** to get tired
cantar *m.* song, "story"
cantar to sing
cañería water pipe
capaz capable
cara face
carbón *m.* coal
carbonero coal man (seller)
cargo: — de conciencia sense (burden) of guilt, remorse; *see* **hacer**
cariñoso affectionate
carne *f.* flesh
caro expensive, dear
carrera career, program of study
carretera highway
carta letter
cartera portfolio
cartero postman
casa house, home; **— de modas** fashion house; **en —** at home
casarse to marry
cascabel *m.* small bell
cáscara peel, rind

casi almost
caso fact, case; **en — necesario** if necessary, **en último —** as a last resort; *see* **hacer**
Castellana Hilton fashionable hotel on the Paseo de la Castellana in Madrid
castellano Castillian
castillo castle
casualidad: por — by chance
catedrático university professor
cauteloso wary
ceder to cede, to give (in) (up)
celeste sky-blue
celos *pl.* jealousy, suspicions
cenar to dine, to eat dinner
cenicero ashtray
centro centerpiece
ceñido concise, tightly constructed
cepillo brush
cerca (de) near, nearly
cercar to enclose, to fence
cerciorarse to make sure
cerilla match
cerrar (ie) to close
certificado registered letter, certificate
Cielo Heaven
cierto true, certain, a certain
cifra figure
cigarrillo cigarette
cigarro cigar
cilindro cylinder
cine *m.* motion pictures, motion picture theatre
cínico cynic
cita date, rendezvous
ciudad city
claro clear, openly; **— que** of course; **¡Claro!** Of course!
clase *f.* kind, type; **toda —** all kinds
clavar to drive, to nail, to stick
clave *f.:* **— cifrada** secret code
clisé *m.* cliché

Vocabulario 113

coba: darse — to put on airs, to employ deceits
cocina kitchen
cocinera cook
coche m. car
coche-cama m. sleeping car, pullman
código code of laws
coger to catch
cohibido restrained
coleccionar to collect
colegio preparatory school
colgado handing
colgar (ue) to hang up
colocar to place, to put out
comediante m. playwright
comediógrafo playwright
comedor m. dining room
comentar to explain
comenzar (ie) to begin
comer to eat
comicidad comicality
como since, as, like; **¿Cómo?** How's that?; **¿Cómo . . .** How is it that . . . ?, What . . . ?
cómodo comfortable, convenient
compartido shared
compás m.: **llevar el —** to beat time, to conduct
compasivamente compassionately
complacido pleased
complaciente accommodating, complaisant
complejo complex
completo: por — completely
cómplice mf. accomplice
componer (like **poner**) to compose, to write
comprador m. buyer
comprar to buy
comprender to understand
comprobar (ue) to verify
comprometerse to make a date
comunicar to communicate, to open into

con with; **— tal que** provided that
conciliador conciliating
concluir to conclude, to complete
concurso contest
conducir to drive, to lead
confiado trusting, confident
confidente f. confidante
conforme resigned to
confundir to mix up, to mistake
conmovedor affecting, moving
conmover (ue) to move, to affect
conocer to be acquainted with, to know, to meet
conseguir (i) to obtain
consejo council
consentir (ie) to permit
conservar to keep, to preserve
consigna password
consternado dismayed
consultar to deliberate
contagiarse to catch (a disease)
contar (ue) to tell, to relate, to count; **— con** to count on
contemporaneidad contemporaneity
contenido contents
contener (like **tener**) to contain
contestar to answer
contigo with you
contra against
contraluz f.: **a —** in the crosslight
contraria opposite; see **llevar**
contrario: lo — the reverse
contratar to contract, to make a bargain for
contribuir to contribute
convencerse to become convinced
convenir (like **venir**) to agree
copa glass (for wine or liqueur)
corazón m. heart
corbata tie
corcho cork
corregir (i) to set straight
Correos the post office
correr to run

corriente *f.* current, tendency; **de aire** draft; **seguir la —** go along with; *adj.* ordinary
corsé *m.* corset
cortado confused
cortante sharp
corto short
cosa think, affair; **gran —** a great deal
costa coast
costar (ue) to cost
costumbre *f.* habit; **tener —** to be in the habit
cotizar to quote (prices)
crear to create
crecer to grow
creer to believe; **creo que sí** I think so
criada servant, maid
criatura child
cristal *m.* glass
cristalería glassware
cruce *m.* wrong number
cruzar to cross
cuadro painting
cualquiera any, some sort of, any one (at all), some
cuando when
cuanto all that; **— antes** at once; **en —** as soon as; **unas cuantas** several; **¿cuánto?** how much?
cuartilla sheet of paper
cuarto quarter, room
cucharilla teaspoon
cuello neck; **— planchado** starched (pressed) collar
cuenta bill, account, circumstance; *see* **caer, dar, tener**
cuento short story
cuerda: de — wind-up
cuerpo: a — without a coat
cuidado charge, care; **estar al —** to be ready, to be on guard; **tener — to take care, to worry

culpa guilt, fault, sin; **tener la —** to be to blame, to be at fault
cumplir to perform, to carry out, to comply (with), to reach (+ age)
cuna cradle
cupo quota
cursar to study (for)
cursi in poor taste
chantaje *m.* blackmail; **hacer —** to blackmail
chaquet *m.* morning coat
chaqueta jacket, coat
charlar to chat
chico *mf.* young man (girl), child, boy
chino Chinese; *see* **tinta**
choque *m.* collision, wreck

dale expression of displeasure at another's obstinacy
daño harm; **hacerse daño —** to hurt oneself
dar to give, to strike; **— a** to open on (to); **—en** to acquire; **— golpe** to do a lick of work; **— gusto** to please; **— la mano a uno** to shake hands with someone; **— la vuelta** to walk around; **— vueltas a** to fool with; **—se cuenta de** to realize, to understand, to imagine
de of, from, by, as, in
deber *m.* duty
deber (de) must, should, ought to
débil weak
década decline, decay
decaimiento decline, decay
decidido determined
decir (i) to say; **es —** that is (to say); **diga usted** go on; **di que** you can say that
decoración scenery
decorado set design, décor
dedicarse (a) to devote oneself to
dedo finger

Vocabulario

defenderse (ie) to get along, to carry on
definitivo final
dejar to leave, to leave alone, to let; — **de** to stop, to leave off; — **de las manos** to abandon, to neglect
delante (de) in front (of); **por —** ahead
demás: lo — the rest (of the things); **los —** the others
demasiado too, too much
demonio demon
demostrar (ue) to show
dentro (de) inside, within
dependencias *pl.* adjoining rooms
derecha right hand, (stage) right
derecho right, privilege
desacreditado discredited, in disrepute
desafiar to challenge, to defy
desahuciado past recovery
desemparado helpless
desanimado disheartened
desarrollar to unfold
desarrollo development
desayunar to eat breakfast
descalzo barefooted
descansar to rest
descaradamente brazenly, impudently
descargar to unpack
descolgar (ue) to pick up the receiver
descomponerse to get out of order
desconcertado baffled, disconcerted
desconfiado distrustful
desconfianza distrust
desconocido unknown
descuidar not to worry oneself
desde from, since; — **que** since
desear to wish, to desire
desengañar to destroy illusions, not to be deceived, to see the light
desenlace *m.* dénouement

deseo wish
desesperado desperate
desmoralizarse to relax discipline
desnudar to undress
despabilarse to rouse oneself, to wake up
despacho office
despedida leave taking
despedirse (i) to take leave
despertar (ie) to wake up
despistado off the track, befuddled
despojarse to divest oneself of, to strip
desprecio scorn, disdain
desprenderse to rid oneself of
después afterwards; — **de** after
destapar to open (bottle)
desván *m.* attic
desvanecerse to vanish, to disappear, to faint
desvivirse (por) to love to excess
detalle *m.* detail
detener (*like* **tener**) to keep from, to detain; **—se** to stop, to halt
devolver (ue) to return
día *m.* day; **de —** daytime
diario newspaper
dibujo drawing; **instrumental de —** drawing implements
diente *m.* tooth
difícil difficult
dignamente with dignity
digno worthy
dinastía dynasty
dinero money; **dinerito** little bit of money
Dios God; **¡por —!** For heaven's sake!
dirigir to direct; **—se a** to go toward, to speak to
disfraz *m.* disguise, costume
disfrazar to disguise
disgustar to offend (taste)
disparatado absurd, outlandish

disponer (*like* **poner**) to dispose, to prepare; — **de** to have at one's disposal
dispuesto ready
distinto different
distraer to divert
distraído diverting; **se hace la distraída** she's getting absent-minded
divertirse (ie) to amuse oneself
doblado folded, dubbed (film)
dolerse (ue) to regret, to feel sympathy
dolor *m.* anguish
doloroso painful
dominarse to get control of oneself
domingo Sunday
doncella maid
donde where, wherever, a place
dormir (ue) to sleep, to put to sleep
dormitorio bedroom
dramatismo dramatic effect
dramaturgia dramatic art
dramaturgo dramatist
duchar(se) to take a shower
duda doubt
dudar to doubt, to hesitate
duque duke
durante during
durar to endure, to last
Durmiente *f.* Sleeping Beauty
duro five pesetas

echar to stretch out, to lie down, to throw (in), to put out; — **a andar** to set out walking
echarpe *m.* scarf
edad age; **en** — **de ser** young enough to be
edificar to construct
educado polite; **bien** — well mannered
eficaz effective
egoismo egoism, selfishness
egoista egoistic, self-centered
ejecutar to perform
ejemplo example
elegir (i) to choose
elogio praise
embarazoso embarrassing
embargo: sin — however
emocionarse to get excited
empavorecido afraid
empeñarse to persist
empeño insistence
empezar (ie) to begin
emplear to use
empresa enterprise
empujar to push, to force
en in, on, at
enamorado (de) in love (with)
encantar to delight, to enchant
encanto "darling," "dear"
encararse con to face
encargo commission
encendedor *m.* lighter
encender (ie) to light
encerrar (ie) to lock up
encima on top, over; **por** — **de** over
encogido intimidated
encono rancor
encontrar (ue) to find; **—se** to be, to find oneself; **—se con** to run into, to come across
encuadernado bound
enchufar to plug in
enérgico vigorous
enero January
enfermedad illness, disease
enfermo sick man; *adj.*-sick
engañar to deceive
engaño deception
enredarse to become complicated
ensayo essay
enseñar to show
ente *m.:* — **de razón** imaginary person
entender (ie) to understand

Vocabulario

enterar to inform, to make aware;
   —se to find out
entero whole
enterrar (ie) to bury
entibiarse to grow cold, to languish
entonces then, well then
entrar to come in, to enter; **entrado en años** advanced in years
entre between, amidst; **— que** since
entrecortado faltering (voice)
entregar to hand over
entremeses *m. pl.* hors d'oeuvres
entrenamiento training
entretener (*like* **tener**) to divert, to entertain, to keep waiting
entretiempo spring or autumn; *see* **abrigo**
envejecer to grow old
envuelto wrapped
época time, period
equipaje *m.* luggage, baggage
equivocarse to be mistaken
escala scale
escalera stair, stairway
escandalizado scandalized
escape *m.* escape, evasion
escena scene; **en —** onstage
escenario stage
escénico stage (*adj.*)
Escocia Scotland
escondidas: a — privately, out of sight
escribir to write; **— a máquina** to typewrite
escritor *m.* writer
escuchar to listen (to)
escuela school
esfuerzo effort
espalda shoulder; **dar la —** to turn one's back
España Spain
español Spanish
especialista *m.* specialist
especie *f.* kind
espejo mirror

esperanza hope
esperanzar to give hope
esperar to wait (for), to expect
espía spy
espiar to spy
espina thorn
esposa wife
esquina corner
establecimiento shop, establishment
estado state
estallido outburst
estar to be
estatua statue
estatura stature
estético aesthetic
estilo style
estoicamente stoically
estorbar to be in the way
estrangular to choke
estrella star
estrenar to perform for the first time, to present
estreno first performance, première
estribar to be based on
estridente strident
estropear to ruin (a plan), to upset
estuche *m.* box
estudiantina student serenader (from an operetta)
estudiar to study
estudio study
estupefacto stupefied
estupendo stupendous, marvelous
estupor *m.* amazement
eterno durable, eternal
etiqueta travel sticker
evasionista *mf.* one who evades reality or serious issues
evitar to avoid
exagerar to overdo, to exaggerate
exigencia demand, exigency
éxito success
explicar to explain; **me lo explico** I understand it
expuesto exposed, in danger

extranjero foreign; **en el —** abroad
extrañar to wonder at, to find strange, to amaze
extraño strange

fácil easy
factura bill, check
faena *see* **traje**
falda skirt
falta lack; **hacer —** to need
faltar to be lacking, to be missing, to need; **no faltaba más** I should say not!, the (very) idea!
fallar to fail, to miss, to be deficient
fantasía fantasy, imagination
fantasma *m.* ghost
farolilla small lantern
fastidio nuisance, bother, weariness
favor *m.*: **por —** please; **haga(usted) el —** please
favorecido flattered
fe *f.* faith
felicidad happiness
felicitar to congratulate
feliz happy
feo ugly
ferino *see* **tos**
fiarse to trust
fiebre *f.* fever
fiel faithful
fiesta party
figurarse to imagine
fijarse to notice, to fix one's attention on; **fíjate (fíjese)** just imagine, mind you, just think of it
fin *m.* end; **por —** finally
final *m.* end
fingir to pretend, to feign
firma signature
firmante *m.* signer
firmar to sign
flor *f.* flower
fluorescente glowing in the dark

fondo rear, background; **a —** completely, well; **al —** at the rear (of the stage or set); **en el —** in the final analysis
fontanero plumber
forjar to form, to invent
formal proper
foro upstage
fracaso failure
francés French
franco French franc
franqueo postage
frasco bottle
frase *f.* phrase, sentence, expression
frenar to apply the brake (or the reins)
frente *f.*: **— a** in front of; **— a —** face to face
frialdad coolness
frío cold; **coger —** to catch cold; **hacer —** to be cold (weather)
frotar to rub
fuego fire, (a) light
fuente *f.* fountain
fuera outside, abroad, away (from); **— de** away from, outside of
fuerte strong
fuerza force; **a — de** by dint of, as the result of
fumar to smoke
funcionar to function, to work
fundarse to base one's opinion on
fusil *m.* gun

gabinete *m.* study
gafas *pl.* glasses
galleta cookie, cracker
gallo: **— de pelea** fighting cock; **patas de —** crowsfeet (literally "roostersfeet")
gana desire; **tener ganas** to be eager
ganar to win, to earn; **— la vida** to make one's living
garantizado guaranteed

Vocabulario

gastar to spend
género type, genre
genio intellect, spirit, talent
gente *f.* people; *pl.* persons, people
gerente *m.* manager
gesto gesture
Gobelino tapestry produced by the Gobelin factory in Paris
gobernador *m.* governor
golpe *m.*: **dar —** to do a lick of work; **de —** all at once
goma rubber; **— de borrar** eraser
gondolero gondolier
Goya, Francisco de (1746-1828) greatest Spanish painter of his period; also famous for his drawings and etchings
gracias thanks; **dar —** to thank
grande (gran) great, big; **gran Madrid** greater Madrid
gratis gratis, for nothing
griega Greek (woman)
grifo faucet
grito outburst
gruta grotto
guante *m.* glove
guapa "darling," "dear"
guapo handsome
guardar to keep; **— se** to be discreet, to be careful
guerra war
guiar to guide
guión *m.* film script
gustar to like (to be pleasing to), to please
gusto: mucho — a pleasure (to meet you, to have met you)

habano Havana cigar
habitación room
haber to have (auxiliary), to be (impersonal); **hay** there is (are); **hay que** one must, it is necessary; **¿qué hay?** what's up?

hablar to speak
hacer to do, to make, to cause, to be (impersonal); **— señas** to motion; **no — caso** not to mind, not to pay heed; **hace** (+ time) ago; **—se** to become; **—se cargo (de)** to understand, to realize, to make oneself acquainted with, to take charge of; **—(se) el tonto** to act the fool; **—se valer** to assert (one's rights)
hacia toward
hall *m.* lobby
harto fed up
hasta even, until, as far as; **— que** until; **— ahora** I'll see you shortly
heredar to inherit
heredero heir
herencia inheritance
herir (ie) to hurt
hermoso beautiful
herramienta tool
hija girl, "my child"
hijo child, "my boy"
hogar *m.* home
hojear to turn leaves (of a book), to glance at
hola hello; **¡hola!** well!
holandesa type of cookie
hombre *m.* man, my good man
hombro shoulder
honrado upright
hora hour, time; **a buena —** at the proper time; **a primera —** early
hotelito residence, house standing on its own grounds
hoy today
hueco opening, hollow
huérfano orphan, orphaned
huerto garden
hueso bone
huésped *m.* guest; **casa de huéspedes** boarding house
húmedo damp

humo smoke
¡Huy! expression of amazement

Iglesia the Church
igual equal, alike, the same (thing); **da —** it's all the same
impedir (i) to prevent
imperturbable calm, serene
imponer (*like* **poner**) to impose, to take on
importar to matter, to import
imprevisto unforeseen (thing)
improvisado improvised
incapaz incapable
incluso included, even
incomodidad inconvenience, discomfort
incómodo uncomfortable, inconvenient
inconsciencia state of unawareness
inconveniente *m.* difficulty, obstacle
incorporarse to sit up
increíble incredible
incubar to incubate
indagar to investigate
indeciso hesitating
indicación hint, provocation
índice *m.* index finger
indudable incontestable, certain
inesperada unexpected
infiel unfaithful
Infierno Hell
ingeniero engineer
ingeniosidad ingenuity, invention
ingenioso ingenious, clever
ingenuamente naively
inglés *m.* English language
inglesa Englishwoman
iniciar to begin, to start
inolvidable unforgettable
inquieto uneasy
inquietud uneasiness
inquilino lodger
insensatez *f.* nonsense, silly thing

insinuante familiar, insinuating
insinuar to suggest, to hint
insoportable unbearable
instrumental *m.* set of tools
inteligencia understanding
intención design, meaning
intentar to attempt
interesado interested party; *adj.* interested
interponer (*like* **poner**) to put (oneself) between
inútil useless
inutilizar to make useless, to ruin
inverosímil improbable
ir to go, to suit, to fit; **—se** to go away, to be off; **¡vamos!** Come now!, To be sure!; **¡vaya!** Well!, Come now!; **voy** I'm coming; **¡Vete a saber!** Don't ask me!, Who can tell!; **¡Qué va!** Oh, well!
irreal unreal
izquierda left

jamás ever
jarrón *m.* vase, urn
joven young
júbilo glee, joy
juego game, play; **— de palabras** play upon words, pun
jueves *m.* Thursday
jugar (ue) to play
jugo juice
juguete *m.* toy
juicio senses
junto (a) near; **— con** along with
juntos together
jurar to swear
justificarse to justify one's conduct
justo correct
juventud youth

labio lip
lado side, place; **para un —** leaning

Vocabulario

lagarta cunning female
lágrima tear
laguna gap
lámpara lamp
lana wool
lanzar to let loose
largarse to go off
largo long
lástima pity; **dar —** to arouse pity
lastimar to hurt, to offend
lata: ¡qué lata! What a nuisance!
lección lesson
lecho bed
leer to read
lejos far (away)
lentes *m. pl.* glasses, pince-nez
lento slow
león *m.* lion
levantar to raise; **—se** to get up, to rise
leve slight, light
ley *f.* law
libre free
ligero light
limpiar to clean
limpieza housecleaning
limpio clean, neat
lío affair, intrigue, trouble
Lisboa Lisbon
listo clever, ready
litro liter (1.05 quarts)
loco crazy, mad
locura madness, insanity; **con —** madly
lograr to accomplish
lucro gain
luchar to fight
luego then, later
lugar *m.* place
lujo luxury
lunes *m.* Monday
luz *f.* light
llamado so-called

llamar to call, to summon; **— atención** to attract attention; **—se** to be called (named)
llamativo showy
llave *f.* key; **— de la luz** light switch
llegada arrival
llegar to arrive, to reach, to come to; **—a ser** to become
llenar to fill (in)
lleno full of
llevadero tolerable, light
llevar to take, to wear, to carry (on), to bring, to guide; **— la contraria** to contradict; **— puesto** to have on; **—se** to carry off; **—se bien** to be on good terms
llorar to cry
llover (ue) to rain

madeja skein
madera timber, lumber
madre *f.* mother
madrileño Madrilenian
madurez *f.* maturity
maestría mastery, skill
mal *m.* illness, wrong; *adv.* badly
malestar *m.* indisposition
maleta suitcase
malo (mal) bad
mamarracho grotesque thing
manco lacking
mancha stain, spot
mandar to order, to send, to direct
manejar to work, to drive, to handle
manera: — de ser personality
manga sleeve
manipular to manipulate
mano *f.* hand
manómetro pressure gauge
manta blanket
mantequilla butter
mañana morning; **(vestido) de —** (dress) for morning wear
mañoso dexterous, clever

máquina machine, typewriter
mar *m.* (& *f.*) sea
maravilla: de — marvelously
marca make, brand, mark
marcar to dial
marco frame
marchar to run; **—se** to leave
marchitarse to wither away
marido husband
mariposa butterfly
marzo March
más more, most; **de —** extra; **no — que** only; **todo lo —** after all; **— que** more than
matador *m.* bullfighter
materialmente bodily
mayor older, oldest (one), greater, greatest; **— de edad** of age, adult
medias *pl.* hose, stockings
medio half, a part; **a medias** partly, half-way
medir (i) to measure
mejilla cheek
mejor better, best; **lo —** the best thing; **a lo —** probably
menester *m.*: **es —** it's necessary
menos less, least, except; **al —** at least; **de —** missing; **lo —** the least; **ni mucho —** not at all; **¡— mal!** Thank goodness!, It could be worse! So much the better!
mensaje *m.* message
mentir (ie) to lie
mentira lie
merecer to deserve
merendar (ie) to (have) lunch
mérito merit
mes *m.* month
mesa table
meseta plateau
meter to put; **—se** to meddle
metro meter (39.37 inches), subway
miedo fear; **dar — to frighten; tener —** to be afraid

mientras while; **— tanto** meanwhile
miga bit, crumb
Ming a dynasty in Chinese history (A.D. 1368-1644) noted for its works of art, paintings and porcelains
ministro government minister
mirada glance
mirado considerate, circumspect
mirar to look (at), to consider
mismo same, very; **él —** he himself; **lo —** the same(thing); **por lo —** for the (very) same reason
mitad half
mito myth
mobiliario household furnishings
moda fashion; **pasado de —** old-fashioned; *see* **casa**
modista dressmaker
modo: de — que so(that); **de ningún —** by no means; **de todos modos** in any case
molestarse to bother
molido worn out
momento: de — for the moment
mono cute
morir(se) (ue) to die
moro Moor
mosca fly
mostrar (ue) to show
motocicleta motor scooter, motorcycle
moverse (ue) to move
muchacha girl, servant
muchacho boy
mucho much, a lot; **por — que** however much
muda change of clothes
mudable changeable
muerte *f.* death
muerto dead
mujer *f.* woman, wife
multa fine; **poner una —** to charge a fine, to give a ticket

Vocabulario

mundo world
muro wall
mutis *m.* exit; **hacer —** to exit
muy very

nacer to be born
nada nothing, anything, at all; **de —** you're welcome, it's nothing at all
nadie no one
naipe *m.* card
naranja orange
nariz *f.* nose
naufragio shipwreck
náufrago shipwrecked person
navaja razor
necesitar to need
negar (ie) to deny; **—se** to refuse
negocio transaction, business
negro black
negruzco blackish
ni nor, not, not even; **— que** as if
nieve *f.* snow
ninguno (ningún) no, (not) any
niña child
niñez *f.* childhood
nocivo harmful
noche *f.* night
nombre *m.* name; **— de pila** baptismal name
norma norm, pattern
notar to note, notice; **se hace —** becomes noticeable
noticias *pl.* news
novedad new occurrence; **¿ninguna novedad?** Nothing new?
novel *m.* new or inexperienced writer
novela novel
novio boy friend, fiancé; **novios** sweethearts; *see* **viaje**
nuevamente again
nuevo new; **de —** anew
número number
nunca never, ever

o or; **o ... o** either ... or
obedecer to obey
obispo bishop
obra work
obtener (*like* **tener**) to obtain
ocupado taken
ocurrir to happen, to occur
odiar to hate
odio hatred
oficina office
oído ear
oír to hear; **¡Oiga!** Listen!, Hello (to begin a telephone conversation)
ojalá would that
ofrecer to offer
ojo eye
olvidar(se) (de) to forget
olvido oversight
opinar to have an opinion
orden *m.* order, rank, group
ordenado ordered, tidy
oreja ear
orilla short
oro gold
oscuridad dark, darkness
otorgar to award
otro another
oyente *m.* listener, auditor

pacto pact
pachucho worn out
padre *m.* father
pagar to pay (for)
página page
país *m.* country
paisaje *m.* landscape
pájaro bird
palabra word
palmada hand clap
paloma pigeon
palpar to feel
pan *m.* bread; **— tostado** toast
pañuelo handkerchief

papel m. paper, role (theatre); **— de seda** tissue; **— rizado** streamers; **— vegetal** drafting paper
papelería stationery store
paquete m. package, "dandy"
par m. pair; **a pares** in pairs
para (que) for, in order (that)
paracaídas m. parachute
paracaidista m. parachutist
paraíso paradise
parar to stop, to end
parecer to seem, to appear; **al —** apparently; **¿le parece?** how does that strike you?; **¿Que te parece esto?** What do you think of this?
parecido: bien — good-looking
pared f. wall
pariente m. relative
parte f. part, side, score; **de — de** from, by order of; **por otra —** moreover
participar to share
particular m. matter, individual; adj. private, personal
partir to cleave, to cut; **a — de** beginning with, from . . . on
pasado past; adj. last
pasar to happen, to endure, to pass (beyond), to come in, to spend (time); **— la factura** to send the check (bill); **— al enemigo** to go over to the enemy;**—se** to spend
pasillo corridor, hall
paso step, entrance, way; **de —** on the way; **de — que** while
pasta noodle, paste; **—dentífrica** toothpaste
pata: patas de gallo crowsfeet
patín m. skate
pavimento pavement
paz f. peace
peatón m. pedestrian
pecado sin
pecar to sin

pedazo piece
pedir (i) to ask (for)
pegado stuck on
pelea: gallo de — fighting cock
película film
peligro danger
peligroso dangerous
pena pity, grief; **dar —** to (give) pain, to cause sorrow
pendiente hanging, in suspense
penoso painful, difficult
pensado designed, thought out; **bien —** proper, suitable
pensar (ie) to think, to expect, to consider, to intend; **— en** to think about; **ni — lo** I wouldn't think of it
pensativo thoughtful
peor worse; worst; **lo —** the worst of it
pepita seed
pequeño small
percha coat hanger
perder (ie) to lose, to miss, to waste (time)
pérdida loss
perdón m. pardon, forgiveness
perdonar to pardon, to forgive
perdurable lasting
periódico newspaper
permanente f. permanent wave
permiso permission
pero but
perplejidad perplexity, hesitation
personaje m. person, character
personal m. personnel
pertenecer to belong to
pesado dull, peevish
pesar: a — de in spite of
pesca fishing
peseta Spanish monetary unit (60 pesetas=$1.)
peso consequence
pestaña eyelash
picar: — más alto to aim higher

Vocabulario

pie *m.* foot; **a — firme** steadfastly; **de —** standing
piedra stone, rock
piel *f.* leather; **abrigo de pieles** fur coat
pierna leg
pieza play (for the stage)
pila *see* **nombre**
pino pine tree
pinta appearance
pintar to paint
pintor *m.* painter
Pirandello, Luigi (1867–1936) Italian dramatist, winner of Nobel Prize for Literature (1934)
Pirineo a mountain of the Pyrenees
piso apartment, floor; **— de lujo** luxury apartment
pista runway, trail
plancha: cuarto de — laundry room
planear to plan
plano plan, map
plantar to plant, to jilt
planteamiento exposition, stating of the argument
plantear to state (a problem or argument)
plato plate, dish
playa beach
plenamente fully, completely
pliego paper, sheet
plomo weight
pluma pen, feather; **— estilográfica** fountain pen
plumero feather duster
pobre poor; **el —** the poor thing, the poor fellow
poco little, little bit; **a —** shortly, afterwards; **pocos** few
poder (ue) to be able; **no — más** not to be able to endure any longer; **puede** maybe; **puede que sea** it may be
podrido: — de dinero rolling in money

polvo dust, powder; **hecho —** taken aback
pollo chicken
poner to put; **—se** to become, to put on, to get; **—se de acuerdo** to come to an agreement; **—se en marcha** to start to move; **—se en pie** to stand up
póquer *m.* poker
por by, for, through, along, with, in, per, on account of; **— si** in case; **— eso** for that reason; **— mucho que** however much
porcelana object of porcelain
porque because
portugués Portuguese
porvenir *m.* future
posar to perch, to light
poseer to possess
posibles *m. pl.* means
postal *f.* post-card
postguerra postwar (since the Spanish Civil War)
postizo artificial
postre *m.* dessert
práctico practical
precio price
precioso beautiful, handsome
preciso precise, exact
predilección fondness, predilection
pregunta question; **hacer preguntas** to ask questions
preguntar to ask
premio prize, award
prenda garment
preocuparse to worry
pretender (ie) to try
prevenir (*like* **venir**) to prepare, to advise
primavera spring
primero first, early; **de primeras** right off
primo cousin

principio beginning; **al —** at first; **de principios** the first part of
prisa hurry; **tener (traer) —** to be in a hurry
probar (ue) to try, to prove
procurar to endeavor
prodigar to lavish (on)
profundamente deeply
pronto soon, quickly, early; **de —** suddenly; **por lo —** for the time being
propasarse to take liberties
propio (one's) own, appropriate, peculiar
proponer (*like* **poner**) to propose
prospecto prospectus
próximo next
proyecto plan
pueblo town
puente *m.* bridge
puerta door; **— de entrada** main entrance
puerto port
pues well, then, since
puesto place, post
pulcro neat
pulgar *m.* thumb
pulmonía pneumonia
pulsera *see* **reloj**
punto spot; **a — de** to be about to
puntual punctual
puritano puritanical
puro cigar

que that, for, since; **A que . . .** I'll bet . . .; **Qué** So
quedar (se) to remain, to stay, to keep (back); to settle for
queja complaint, lament
quejarse to complain, to grumble
querer (ie) to want, to love; **sin —** unintentionally; **— decir** to mean

quicio door edge
quinqué *m.* lamp
quinta country house
quitamanchas *m.* spot remover
quitar to remove, to take (from) (away), to keep from, to forbid; **—se** to take off
quitasol *m.* parasol
quizá perhaps

raíz *f.* root
rama branch; *see* **andar**
raro odd, extraordinary
rasgo fine deed
rastro trial
rato while; **tanto —** so long
raya line, limit
razón *f.* reason; **dar la —** to agree with; **tener —** to be right
reacio stubborn
reavivar to revive
rebelarse to rebel
rebelde *m.* rebel
recado errand
recelo suspicion, foreboding
receloso suspicious, fearful
recibimiento vestibule
recién: — nacido newborn; **— casados** newly wed
reclamo call (bird)
recobrar to recover
recoger to get, to collect
reconocer to acknowledge, to recognize
reconstruir to reconstruct
reconvenir (*like* **venir**) to reprimand
recordar (ue) to remember, to recall, to remind
recrear to recreate, to create anew
recuerdo memory, remembrance
recurso recourse; *pl.* means
rechazar to reject
referirse (ie) to allude, to suggest

Vocabulario 127

reflexionar to reflect, to consider
refuerzo reinforcement
regadera sprinkler
regalar to give (a gift)
regalo gift
regañadientes: a — reluctantly
régimen *m.* diet
registro register
regla: — de metro meter rule (measure)
reír (i) to laugh
reja bars (over a window)
relato story
reloj *m.* watch, clock; **— de arena** hourglass; **— de pulsera** wristwatch
relleno filled
remachar to clinch, to secure
remate *m.***: de —** utterly
remediar to help
remedio: sin — helpless; **no tener más —** to have no alternative
rendir (i): — cuentas to render an account
renovamiento renewal
renovar (ue) to renew
reñir (i) to quarrel
reparar (en) to notice
repartir to allot
repentino sudden
replicar to contradict, to argue
reponerse (*like* **poner**) to recover
representación performance, presentation
representar to look (one's age), to represent, to present
reprimir to keep back
requerer (*like* **querer**) to require
requetebién very well indeed
resistirse to put up a fight
resolver (ue) to resolve, to decide
respirar to breathe
responder to answer, to respond
resto residue

resuelto resolute
resultar to result, to turn out
retraso delay
retratarse to be photographed
retrato photograph, picture
reunirse to have a meeting
revelar to reveal
revista review, magazine
río river
risa laugh, laughter
ritmo rhythm
rizado: *see* **papel**
robar to steal
robo theft
rodar to roll (head over heels)
rollo roll
romper to break, to tear up
ron *m.* rum
ropa clothes; **— por noche** night clothes
rubio blond, light (tobacco)
ruido noise
ruiseñor *m.* nightingale

sábado Saturday
saber to know; **¿sabe usted?** you do understand? you see?
sabor *m.* taste
sabotaje *m.* sabotage
sacar to take (out), to free
sacristía sacristy
sagaz clever
Sajonia Saxony
sala hall, room; **— de fiesta** dance hall
salida exit, way out
salir to go (come) out, to appear, to leave, to go off, to exit, to turn out
salón *m.***: — de estar** living-room, sitting-room
salpicar to spatter, to sprinkle
saltar (se) to burst out

salud *f.* health
saludar to greet, to speak to
sangre *f.* blood
sano healthy
santo saint, Saint's Day
sarampión *m.* measles
sastre: *see* **traje**
sátiro satyr
satisfecho confident, satisfied
secamente dryly
secar to dry —**se** to dry (up)
secrétaire *m.* (*French*) writing desk
seda slik
seguida: en — immediately
seguir (i) to continue, to keep on, to follow; — **la corriente** to go along with
según according to
segundo second
seguro certain, assured
sello stamp
semáforo signal, semaphore
semana week
semejanza resemblance, similarity
sencillo simple
sensato sensible
sensible sensitive
sentar (ie) to seat; —**se** to sit down
sentido sense, feeling
sentimiento sentiment, feelings
sentir (ie) to regret, to notice; —**se** to feel
seña sign, signal; **señas** address
señal *f.* sign, indication
señalar to point(to), to indicate
señor *m.* gentleman, sir; **Señor** Lord
señora lady, madame
señorita young lady, mistress, miss
señorito (young) master
ser to be; *m.* being
serpentinas *pl.* confetti
servidumbre servants, help

servilleta napkin
servir (i) to serve; — **de** to serve for; —**se de** to employ, to make use of
seso brain
seudónimo pseudonym, alias
si if, why, but
sí yes, certainly
siempre always; **de** — customary; **lo de** — the usual
sierra mountains, mountain range
siglo century
significado meaning
siguiente following
silbido whistle
silencioso silent, mute
silvestre wild
silla chair
simpático nice, likeable
sin (que) without
sincerarse to excuse oneself, to justify (one's actions)
síntoma *m.* symptom
siquiera: ni — not even, even
sitio place, seige, "spot"
sobrar to be in excess
sobre upon, on
sobrina niece
sobrio temperate, restrained
socio partner
sol *m.* sun
soledad loneliness
soler (ue) to be apt to
solete "dear"
solo alone, empty
sólo only, just
soltera unmarried woman
sombrero hat
sonar (ue) to sound (familiar)
sonreír (i) to smile
sonriente smiling, all smiles
sonrisa smile
soñar (ue) to dream
soportar to endure, to put up with

Vocabulario

sorprender to surprise, to come upon
sorpresa surprise
sospechar to suspect
sostener (*like* **tener**) to maintain, to keep, to support
suave quiet, unruffled
suavizar to soften, to temper
subir to go (come) up, to carry up
súbito sudden
submarino underwater
suceder to happen, to take place
Suecia Sweden
sueco Swedish
suelo floor
sueño dream
suerte *f.* luck
sugerir (ie) to suggest
suicidarse to commit suicide
Suiza Switzerland
suizo Swiss
sujeto held fast
súplica plea
suplicante entreating
suplicar to entreat, to implore
suponer (*like* **poner**) to suppose
supuesto: por — of course
suramericano South American
suspirar to sigh
sustituir to substitute (for)
sutil subtle

tacatá word indicating the doling out of money
tachar to cross out
tal such, such a, in such a manner; **¿Qué tal?** How are things?, How?, What do you think of it?
talla sculpture
también also, too
tampoco neither, either
tan so
Tánger Tangier (North Africa)
tanto so (as) much, so many

tapiz *m.* tapestry
tardar to delay, to be long
tarde *f.* afternoon; *adj.* late
tarea task
tarta cake
Tauromaquia (La) series of etchings on the history of bullfighting by Goya (1816)
taza cup
te *m.* tea
teatral theatrical
teatralizado presented in the manner of theatre
teatro theatre
técnica technique
telefónico (by) telephone
telón *m.* stage curtain
tema *m.* theme, topic
temer to fear
temor *m.* fear, apprehension
temporada season, time
tener (ie) to have; **— donde** to have a place to; **— en cuenta** to bear in mind; **— ganas** to be eager; **— que** to have to; **— que ver con** to have to do with
tensión blood pressure
tercero third
terminante decisive, peremptory
terminar to finish, to end
término term
ternura delicacy, tenderness
terrenal earthly
terreno terrain
tertulia literary circle
testigo witness
tiempo time, weather; **a — de** in time to
tiernamente tenderly
timbre *m.* bell
tía aunt
tila linden tea
tinta: — china India ink
tío uncle

tira strip
tiralíneas *m.* drawing pen
tirar to throw (away) (out)
titular to title, to call
toalla towel
tocar to touch, to play (an instrument); —**le a uno** to have (day) off, to be one's turn, to get
todavía yet, still
todo all every, everything; — **el mundo** everybody; **del** — entirely
tonelada ton
tono effect, manner
tontería nonsense
tonto fool, silly thing; *adj.* foolish, silly; *see* **hacer**
torcer (ue) to twist, to bend
torero bullfighter
tornillo screw
toro bull
torpe stupid, dull
torre *f.* tower
tos *f.* cough; — **ferina** whooping cough
trabajador hard-working
trabajar to work
trabajo work, effort
traca type of fireworks which explode in a series
traducción translation
traductor *m.* translator
traer to carry, to bring, to wear; — **prisa** to be in a hurry;— **puesto** to have on; **trae** bring it here, come here
tragarse to swallow
trago: malos tragos adversities
traje *m.* suit, dress; — **de faena** maid's uniform; — **sastre** tailored suit
trama *f.* plot
tranquilizarse to calm oneself
tranquilo calm, in peace
trasladar to move

tratado treaty
tratar to treat; —**se de** to be a question of; —**se con** to have dealings with
tren *m.* train
tresillo living-room suite
trígamo trigamist
triste sad,
tristeza sadness
tropezar (ie) to stumble
trote *m.* fast pace
tutela guardianship

último last; **por** — lastly
umbral *m.* threshold, doorway
unánime unanimous
único only, only one, sole; **lo** — the only thing
unirse to be married, to join
útil useful
utilizar to use

vaciar to pour out
vacío empty
vale *m.* certificate, IOU
valer to be valuable, to possess merit; —**se de** to take advantage of
valor *m.* courage, value
varios *pl.* various, several
vaso vase
vejez *f.* old age
vela: en — without sleeping, on watch
velo veil
vena vein
vencido defeated
venda blindfold, bandage
vender to sell
veneciana: a la — Venetian style
venir (ie) to come
ventaja advantage
ventilador *m.* fan

Vocabulario

ver to see, to look; **a —** let's see
verano summer
verdad truth; **de —** really, real (ones); **es —** it's true, that's right; **¿verdad?** isn't it (so)?, is that so?, true?, are you?
verdadero true, real
vergonzoso bashful
vestíbulo vestibule
vestido dress
vestir (se)(i) to dress, to wear
vez *f.* time; **una —** once; **de — en cuando** from time to time; **a veces** at times
viajar to travel
viaje *m.* trip; **— de novios** honeymoon
viajero traveler
vicetiple *f.* chorus girl
vida life
viejo old
viento wind, air
viernes *m.* Friday
vilo: en — in suspense

virtud virtue
vista visitor; **de —** on a visit
visto seen; **por lo —** apparently; **está —** it's obvious
vivir to live
vivo quick, living, lively, smart
voluntad will, kindness
volver (ue) to return, to turn; **— a +** *inf.* to do . . . again; **—se** to turn around, to become
voz *f.* voice
vuelta *see* **dar**

ya already, now, sure, well, really, of course (at times omitted in English); **— no** no longer; **ya . . . ya** sometimes . . . sometimes
yacer to lie, to exist

zapatilla slipper

Comprador — bring in some sanity, to bring out past, an observer like us in some ways (more at 1st)

Beatriz thought Eugenio went to Barcelona